Mates para NINJAS

ANDREW JENNINGS

DESTINO

TRADUCCIÓN DE NÚRIA ARTIGAS

DESTINO INFANTIL & JUVENIL, 2024
infoinfantilyjuvenil@planeta.es
www.planetadelibrosinfantilyjuvenil.es
www.planetadelibros.es
Editado por Editorial Planeta, S. A.

Esta traducción de *Maths Like a Ninja* ha sido publicada
por Editorial Planeta España en colaboración con Bloomsbury Publishing Plc

Avda. Diagonal, 662-664, 08034 Barcelona
Primera edición: mayo de 2024
ISBN: 978-84-08-28688-2
Depósito legal: B. 7.729-2024
Impreso en España

El papel de este libro procede de bosques gestionados de forma sostenible y de fuentes controladas.

Índice

Índice, continuación

1 Números y valor posicional

Numerales y palabras hasta 10, 20, 100 y 1.000.000

Hasta 20, por unidades

0 - cero
1 - uno
2 - dos
3 - tres
4 - cuatro
5 - cinco
6 - seis
7 - siete
8 - ocho
9 - nueve
10 - diez
11 - once
12 - doce
13 - trece
14 - catorce
15 - quince
16 - dieciséis
17 - diecisiete
18 - dieciocho
19 - diecinueve
20 - veinte

Hasta 100, por decenas

10 - diez
20 - veinte
30 - treinta
40 - cuarenta
50 - cincuenta
60 - sesenta
70 - setenta
80 - ochenta
90 - noventa
100 - cien

Hasta 1.000.000

10 - diez
100 - cien
1.000 - mil
10.000 - diez mil
100.000 - cien mil
1.000.000 - un millón

Cuadrícula del 100

Aquí tienes todos los números del 1 al 100.

1	2	3	4	5	6	7	8	9	10
11	12	13	14	15	16	17	18	19	20
21	22	23	24	25	26	27	28	29	30
31	32	33	34	35	36	37	38	39	40
41	42	43	44	45	46	47	48	49	50
51	52	53	54	55	56	57	58	59	60
61	62	63	64	65	66	67	68	69	70
71	72	73	74	75	76	77	78	79	80
81	82	83	84	85	86	87	88	89	90
91	92	93	94	95	96	97	98	99	100

CONSEJO NINJA:

↓ Si te mueves **1** espacio hacia abajo, sumas **10**

↑ Si te mueves **1** espacio hacia arriba, restas **10**

→ Si te mueves **1** espacio hacia la derecha, sumas **1**

← Si te mueves **1** espacio hacia la izquierda, restas **1**

Rectas numéricas

Recta numérica 0-10, contando de uno en uno

0 1 2 3 4 5 6 7 8 9 10

Recta numérica 0-20, contando de dos en dos

0 2 4 6 8 10 12 14 16 18 20

Recta numérica 0-30, contando de tres en tres

0 3 6 9 12 15 18 21 24 27 30

Recta numérica 0-40, contando de cuatro en cuatro

0 4 8 12 16 20 24 28 32 36 40

Recta numérica 0-50, contando de cinco en cinco

0 5 10 15 20 25 30 35 40 45 50

Recta numérica 0-60, contando de seis en seis

0 6 12 18 24 30 36 42 48 54 60

Rectas numéricas (continuación)

Recta numérica 0-70, contando de siete en siete

0 7 14 21 28 35 42 49 56 63 70

Recta numérica 0-80, contando de ocho en ocho

0 8 16 24 32 40 48 56 64 72 80

Recta numérica 0-90, contando de nueve en nueve

0 9 18 27 36 45 54 63 72 81 90

Recta numérica 0-100, contando de diez en diez

0 10 20 30 40 50 60 70 80 90 100

Recta numérica 0-110, contando de once en once

0 11 22 33 44 55 66 77 88 99 110

Recta numérica 0-120, contando de doce en doce

0 12 24 36 48 60 72 84 96 108 120

Rectas numéricas decimales y negativas

Recta numérica, contando de uno en uno, a ambos lados del 0

-5	-4	-3	-2	-1	0	1	2	3	4	5

Recta numérica, contando de dos en dos, a ambos lados del 0

-10	-8	-6	-4	-2	0	2	4	6	8	10

Recta numérica, contando de cinco en cinco, a ambos lados del 0

-25	-20	-15	-10	-5	0	5	10	15	20	25

Recta numérica, contando de diez en diez, a ambos lados del 0

-50	-40	-30	-20	-10	0	10	20	30	40	50

Recta numérica, contando de veinte en veinte, a ambos lados del 0

-100	-80	-60	-40	-20	0	20	40	60	80	100

Recta numérica de decimales entre 0 y 1, contando en decenas

0,0	0,1	0,2	0,3	0,4	0,5	0,6	0,7	0,8	0,9	1,0

Cuadro de valor posicional

Los cuadros de valor posicional nos ayudan a entender cómo los números se vuelven 10, 100 o 1.000 veces mayores o menores.

Decenas de millar	**Millares**	**Centenas**	**Decenas**	**Unidades**
Dm	M	C	D	U
2 (= 20.000)	**2** (= 2.000)	**2** (= 200)	**2** (= 20)	**2** (= 2)
4 (= 40.000)	**6** (= 6.000)	**3** (= 300)	**1** (= 10)	**5** (= 5)
9 (= 90.000)	**7** (= 7.000)	**8** (= 800)	**8** (= 80)	**2** (= 2)

CONSEJO NINJA:

Cada vez que una cifra se mueve una columna hacia la izquierda, se vuelve 10 veces mayor. Hablamos de multiplicar (×).

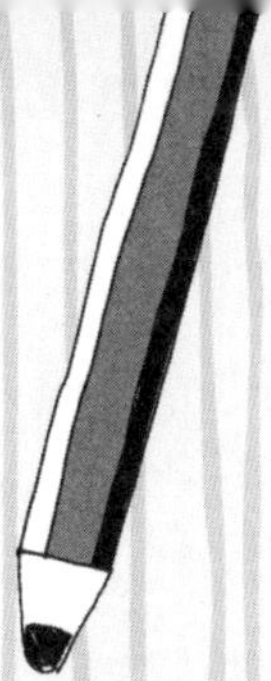

	Decimales	Décimos	Centésimos	Milésimos	Total
	,	D	C	M	
	,	2 (= 0,2)	2 (= 0,02)	2 (= 0,002)	22.222.222
	,	2 (= 0,2)	9 (= 0,09)	1 (= 0,001)	46.315.291
	,	4 (= 0,4)	3 (= 0,03)	7 (= 0,007)	97.882.437

CONSEJO NINJA:

Cada vez que una cifra se mueve una columna hacia la derecha, se vuelve 10 veces menor. Hablamos de dividir (÷).

Mayor que >
Menor que <
Igual =

Estos símbolos nos permiten comparar números.

Los símbolos permiten mostrar:

. qué número es mayor

. qué número es menor

. si dos números tienen el mismo valor.

>	=	<
mayor que	igual	menor que

CONSEJO NINJA:

Recuerda que el lado más abierto indica el número mayor y la punta, el menor.

= significa que tienen el mismo valor. ¡Supersencillo!

Ejemplos:

4 < 7   3 < 12   6 = 6   14 > 7

Redondear

Cuando te piden que redondees, tienes que redondear un número a la decena, centena, millar y decena de millar más cercana.

Paso 1

Dibuja un círculo alrededor del valor posicional al que te han pedido que redondees.

a la decena 10	a la centena 100	al millar 1.000
2.652	2.652	2.652

Paso 2

Subraya la cifra que queda a la derecha de la cifra redondeada.

a la decena 10	a la centena 100	al millar 1.000
2.652	2.652	2.652

Paso 3

Si el número subrayado es 4 o menor, el número marcado con el círculo se mantiene igual.

Si el número subrayado es 5 o mayor, al número marcado con el círculo hay que sumarle 1.

a la decena 10	a la centena 100	al millar 1.000
2.652	2.752	3.652

Paso 4

Cambia todos los números que quedan a la derecha del número con el círculo por ceros.

a la decena 10	a la centena 100	al millar 1.000
2.650	2.700	3.000

Aproximar

Aproximar significa dar el numero más cercano, más que dar una respuesta exacta. Para aproximar, solemos redondear los números a la decena, a la centena o al millar más cercanos para que sea más sencillo hacer los cálculos.

Redondear a la decena más cercana

exacto	aproximado
242	240
+ 26	+ 30
268	270

Redondear a la centena más cercana

exacto	aproximado
587	600
− 231	− 200
356	400

CONSEJO NINJA:

En la vida real, realizamos aproximaciones constantemente.

Ejemplo: Si compramos dos cosas, y una de ellas vale 4,67 € (redondeando 5 €) y la otra vale 9,79 € (redondeando 10 €), rápidamente podemos calcular que nos gastaremos, aproximadamente, 15 €.

Números romanos

Los números romanos son una forma distinta de escribir los números.

1	I	11	XI	50	L
2	II	12	XII	100	C
3	III	13	XIII	500	D
4	IV	14	XIV	1.000	M
5	V	15	XV		
6	VI	16	XVI		
7	VII	17	XVII		
8	VIII	18	XVIII		
9	IX	19	XIX		
10	X	20	XX		

Si un número más pequeño está detrás de un número más grande, súmalo al número mayor.
Ejemplo: VI V = 5 I = 1 5 + 1 = 6 VI = 6

Si un número más pequeño está delante de un número más grande, réstalo al número mayor.
Ejemplo: IV 5 - 1 = 4 IV = 4

Concepto ninja

Los números romanos suelen usarse para representar los siglos: s. xx es el siglo veinte.

Concepto ninja

Los números romanos suelen usarse en los relojes de sol, así que te los puedes encontrar en preguntas sobre las horas.

Múltiplos

Un múltiplo de un número es el que obtienes cuando multiplicas ese mismo número por un número entero. Es decir, un múltiplo de un número es el que obtienes si lo vas sumando, por ejemplo, 5, 10, 15, 20... El resultado se denomina producto. Un múltiplo es, esencialmente, la tabla de multiplicar de ese número.

x	1	2	3	4	5	6	7	8	9	10	11	12
1	1	2	3	4	5	6	7	8	9	10	11	12
2	2	4	6	8	10	12	14	16	18	20	22	24
3	3	6	9	12	15	18	21	24	27	30	33	36
4	4	8	12	16	20	24	28	32	36	40	44	48
5	5	10	15	20	25	30	35	40	45	50	55	60
6	6	12	18	24	30	36	42	48	54	60	66	72
7	7	14	21	28	35	42	49	56	63	70	77	84
8	8	16	24	32	40	48	56	64	72	80	88	96
9	9	18	27	36	45	54	63	72	81	90	99	108
10	10	20	30	40	50	60	70	80	90	100	110	120
11	11	22	33	44	55	66	77	88	99	110	121	132
12	12	24	36	48	60	72	84	96	108	120	132	144

Factores

Un factor es un número que divide a otro sin que quede un resto.

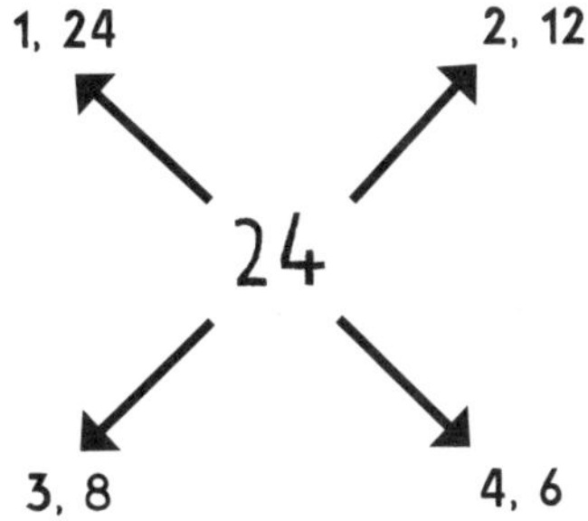

Cuando buscas factores, ayuda ir en orden: prueba 1 ×, luego 2 ×, luego 3 ×, etcétera.

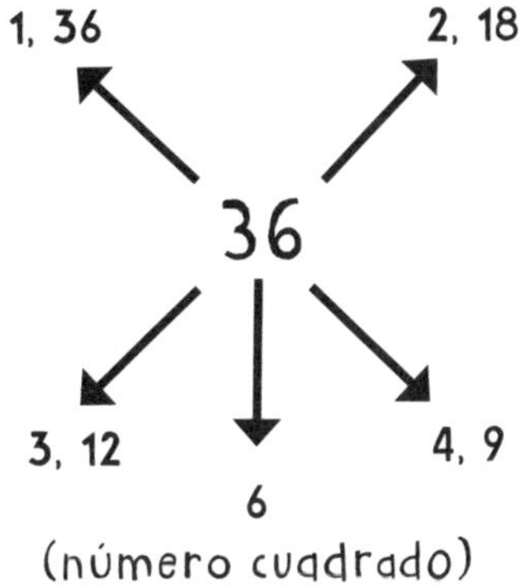

CONSEJO NINJA:

Si te piden que busques factores, tienes que saber que van en parejas. Si divides el número dado por un factor, la respuesta es otro factor. Ejemplo: 24 ÷ 12 = 2. 12 y 2 es una pareja de factores.

Los números cuadrados son una pareja de números iguales, por ejemplo, 36 ÷ 6 = 6, pero solo apuntas ese número una vez.

Números primos

Los **números primos** solo son divisibles entre uno y entre sí mismos. Solo tienen dos factores, llamados **factores primos**. Los **números compuestos** tienen más de dos factores.

1	2	3	4	5	6	7	8	9	10
11	12	13	14	15	16	17	18	19	20
21	22	23	24	25	26	27	28	29	30
31	32	33	34	35	36	37	38	39	40
41	42	43	44	45	46	47	48	49	50
51	52	53	54	55	56	57	58	59	60
61	62	63	64	65	66	67	68	69	70
71	72	73	74	75	76	77	78	79	80
81	82	83	84	85	86	87	88	89	90
91	92	93	94	95	96	97	98	99	100

Ejemplos: 7 solo tiene dos factores: él mismo y 1. Es un número primo. 14 tiene cuatro factores: 1, 2, 7 y 14. Es un número compuesto.

CONSEJO NINJA:

A excepción del número 2, todos los números pares no pueden ser primos porque son divisibles entre 2. Eso significa que, como mínimo, tiene tres factores: 1, ellos mismos y 2.

Números cuadrados y cúbicos

Un **número cuadrado** es un número multiplicado por él mismo. Por ejemplo, 4^2 significa 4 x 4.

$1^2 = 1 \times 1 = 1$

$2^2 = 2 \times 2 = 4$

$3^2 = 3 \times 3 = 9$

$4^2 = 4 \times 4 = 16$

$5^2 = 5 \times 5 = 25$

$6^2 = 6 \times 6 = 36$

$7^2 = 7 \times 7 = 49$

$8^2 = 8 \times 8 = 64$

$9^2 = 9 \times 9 = 81$

$10^2 = 10 \times 10 = 100$

$11^2 = 11 \times 11 = 121$

$12^2 = 12 \times 12 = 144$

Un **número cúbico** es un número multiplicado por él mismo dos veces. Por ejemplo, 4^3 significa 4 x 4 x 4.

$1^3 = 1 \times 1 \times 1 = 1$

$2^3 = 2 \times 2 \times 2 = 8$

$3^3 = 3 \times 3 \times 3 = 27$

$4^3 = 4 \times 4 \times 4 = 64$

$5^3 = 5 \times 5 \times 5 = 125$

$6^3 = 6 \times 6 \times 6 = 216$

$7^3 = 7 \times 7 \times 7 = 343$

$8^3 = 8 \times 8 \times 8 = 512$

$9^3 = 9 \times 9 \times 9 = 729$

$10^3 = 10 \times 10 \times 10 = 1.000$

$11^3 = 11 \times 11 \times 11 = 1.331$

$12^3 = 12 \times 12 \times 12 = 1.728$

BODMAS/BIDMAS

BODMAS y BIDMAS son dos acrónimos ingleses que se usan para recordar el orden correcto en el que hay que llevar a cabo las operaciones de cálculo. Las operaciones son acciones, como sumar o restar.

B	O	D	M	A	S
Paréntesis (*brackets*, en inglés)	Orden	División	Multiplicación	Suma (*add*, en inglés)	Resta (*subtract*, en inglés)
( )	$\sqrt{x}$ or x^2	÷	x	+	–

B	I	D	M	A	S
Paréntesis (*brackets*, en inglés)	Índices	División	Multiplicación	Suma (*add*, en inglés)	Resta (*subtract*, en inglés)
( )	$\sqrt{x}$ or x^2	÷	x	+	–

Concepto ninja

Según BODMAS/BIDMAS, hay que moverse de izquierda a derecha. ÷ y × son equivalentes en relación con el orden. Si ambos están en un problema, resuélvelos en el orden en que aparezcan escritos. Lo mismo pasa con + y -.

Intenta reescribir estas operaciones hasta que solo tengas dos números y te quede una única operación por resolver.

Ejemplo: $2^2 + 4 \times 3 = ?$

$4 + 4 \times 3 = ?$

$4 + 12 = 16$

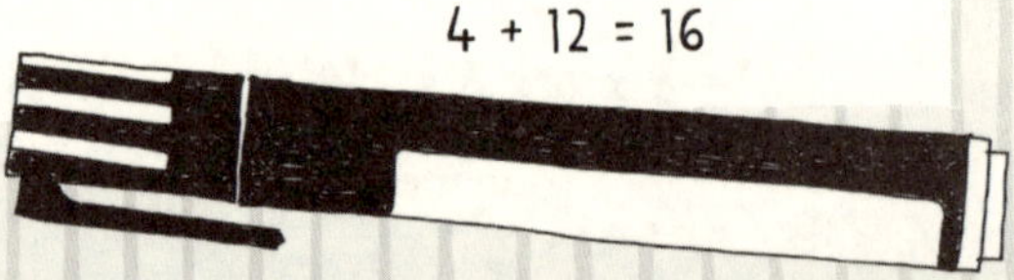

2 Suma y resta

Vocabulario relacionado con sumas y restas

SUMA: +

más	combinar	incrementado por
añadir	juntar	más de
sumar		

Partes de la suma

$$2 + 3 = 5$$

2	+	3	= 5
sumando	operador	sumando	suma o total

RESTA: −

menos	deducir	diferencia entre
restar	menos de	disminuir
sacar	más pequeño que	

Partes de la resta

$$5 - 1 = 4$$

5	−	1	= 4
minuendo	operador	sustraendo	diferencia

Enlaces numéricos

3

2 1

2 + 1 = 3

1 + 2 = 3

3 - 1 = 2

3 - 2 = 1

4

1 3

1 + 3 = 4

3 + 1 = 4

4 - 3 = 1

4 - 1 = 3

5

2 3

2 + 3 = 5

3 + 2 = 5

5 - 3 = 2

5 - 2 = 3

6

2 4

2 + 4 = 6

4 + 2 = 6

6 - 4 = 2

6 - 2 = 4

7

4 3

4 + 3 = 7

3 + 4 = 7

7 - 3 = 4

7 - 4 = 3

8

5 3

5 + 3 = 8

3 + 5 = 8

8 - 3 = 5

8 - 5 = 3

9

7 2

7 + 2 = 9

2 + 7 = 9

9 - 2 = 7

9 - 7 = 2

9

5 4

5 + 4 = 9

4 + 5 = 9

9 - 4 = 5

9 - 5 = 4

10

7 3

7 + 3 = 10

3 + 7 = 10

10 - 3 = 7

10 - 7 = 3

Los enlaces numéricos son parejas de números que, sumados, dan otro número.

12: 7 y 5

7 + 5 = 12
5 + 7 = 12
12 - 5 = 7
12 - 7 = 5

13: 7 y 6

7 + 6 = 13
6 + 7 = 13
13 - 6 = 7
13 - 7 = 6

14: 9 y 5

9 + 5 = 14
5 + 9 = 14
14 - 5 = 9
14 - 9 = 5

15: 7 y 8

7 + 8 = 15
8 + 7 = 15
15 - 8 = 7
15 - 7 = 8

16: 12 y 4

12 + 4 = 16
4 + 12 = 16
16 - 4 = 12
16 - 12 = 4

17: 9 y 8

9 + 8 = 17
8 + 9 = 17
17 - 8 = 9
17 - 9 = 8

18: 13 y 5

13 + 5 = 18
5 + 13 = 18
18 - 5 = 13
18 - 13 = 5

19: 11 y 8

11 + 8 = 19
8 + 11 = 19
19 - 8 = 11
19 - 11 = 8

20: 13 y 7

13 + 7 = 20
7 + 13 = 20
20 - 7 = 13
20 - 13 = 7

Enlaces numéricos hasta 10
Cuadrículas de 10 casillas

0 + 10 = 10

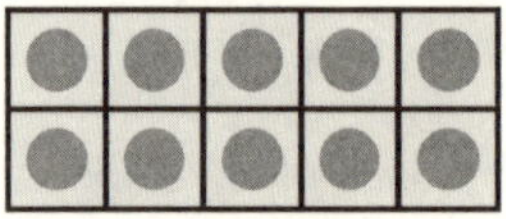

1 + 9 = 10

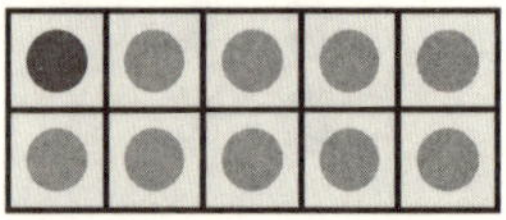

2 + 8 = 10

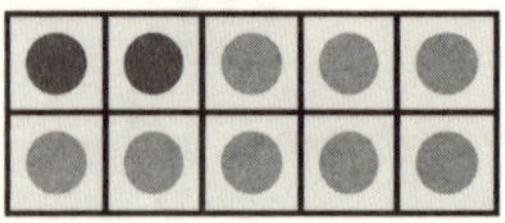

3 + 7 = 10

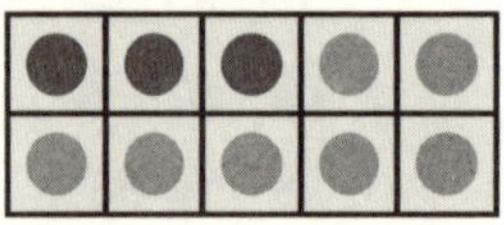

4 + 6 =10

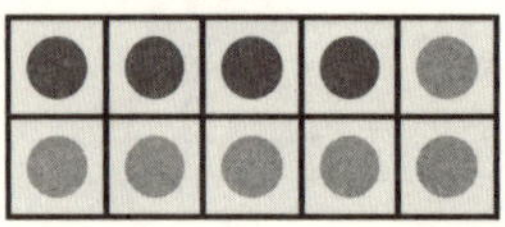

6 + 4 = 10

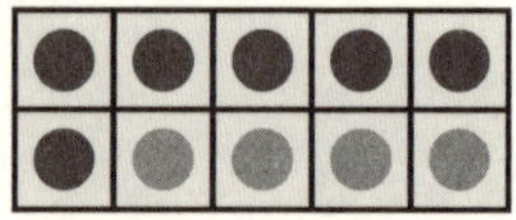

7 + 3 = 10

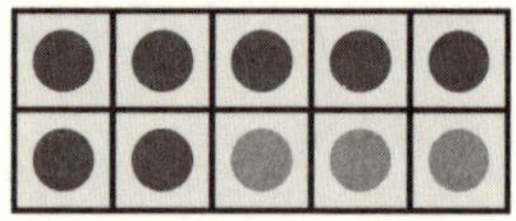

8 + 2 = 10

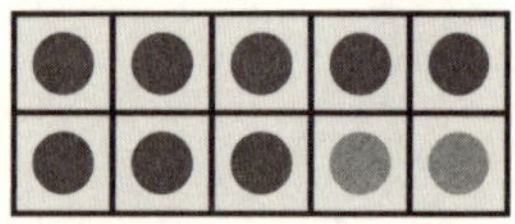

9 + 1 = 10

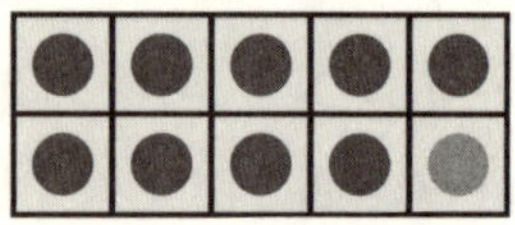

10 + 0 = 10

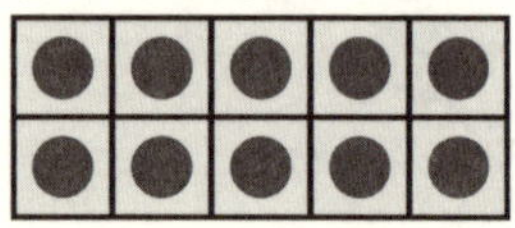

5 + 5 = 10

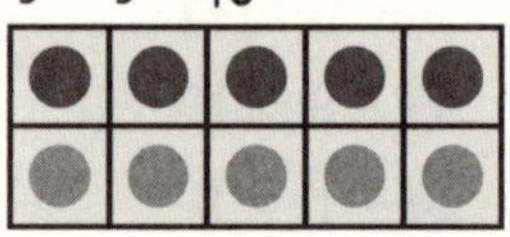

Estrategia para sumar: recta numérica y descomposición

Descomponer es dividir un número en partes más pequeñas para que sea más sencillo hacer operaciones con él.

Paso 1

Dibuja una recta numérica y sitúa el 0 en el inicio.

Paso 2

Añade el primer número del problema. Por ejemplo: 32 + 14 = ?

Paso 3

Descompón el segundo número en cifras más pequeñas que sean más fáciles de sumar. Añade les partes separadas una detrás de otra.

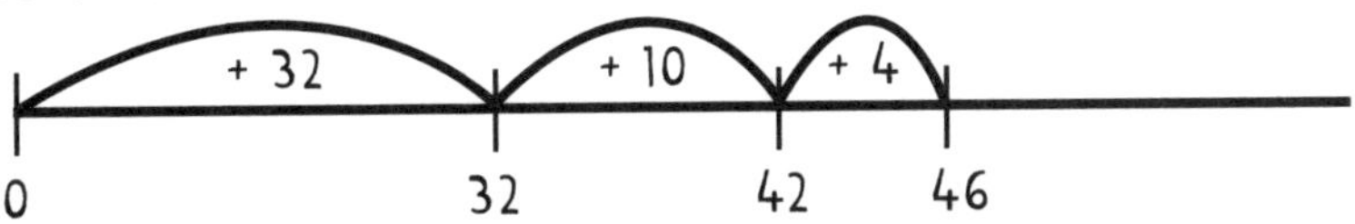

Asi pues, **32 + 14 = 46**

Estrategia para sumar: descomponer por escrito

Concepto ninja

Para saber más sobre la descomposición, puedes leer la pág. 25. Al hacerla por escrito, puedes anotar lo que necesites.

Descomponer por escrito consiste en utilizar tus conocimientos sobre el valor posicional para separar los números. En el siguiente ejemplo puedes ver que hemos separado -descompuesto- los valores de cada número y los hemos escrito debajo.

Al separar los números en decenas y unidades es más fácil sumar: sumando las decenas, por un lado, y las unidades, por el otro, y luego sumando las cifras resultantes.

Ejemplos:

D U		D U			D U		D U
26	+	32			45	+	36
20 6		30 2			40 5		30 6

Decenas (D) = 20 + 30 = 50

Unidades (U) = 6 + 2 = 8

50 + 8 = 58

Decenas (D) = 40 + 30 = 70

Unidades (U) = 5 + 6 = 11

70 + 11 = 81

Estrategia para sumar: sumas en vertical

Concepto ninja

Siempre tienes que empezar por la columna más a la derecha y, después, ir sumando las siguientes de derecha a izquierda.

La suma en vertical te ayudará a sumar cifras más grandes.

Paso 1

Suma la columna de las unidades y escribe el resultado debajo de la raya.

	D	U
	3	4
+	2	5
		9

Paso 2

Suma la columna de les decenas y escribe el resultado debajo de la raya.

	D	U
	3	4
+	2	5
	5	9

Si las unidades suman 10 o más, hablamos de sumas llevando. Cuando te pase, escribe las unidades en el sitio del resultado y «te llevas» las decenas debajo de la posición de las decenas, por debajo de otra raya. Suma la columna de las decenas y, luego, añádele lo que te llevabas.

Paso 1

Suma la columna de las unidades y escribe el resultado debajo de la raya.

	D	U
	4	7
+	2	9
		6
	1	

Paso 2

Suma la columna de las decenas, después suma el valor que te llevas a tu respuesta y escribe el total debajo de la raya.

	D	U
	4	7
+	2	9
	7	6
	1	

decenas que te llevas

Estrategia para sumar: forma expandida y números de 3 cifras

La **forma expandida** nos ayuda a visualizar las centenas, decenas y unidades verticalmente. También sirve para números de 4 y 5 cifras.

Paso 1 Suma las unidades y escribe la respuesta debajo (8).

Paso 2 Suma las decenas y escribe la respuesta debajo (70)

Paso 3 Suma las centenas y escribe la respuesta debajo (100).

Paso 4 Suma las unidades, las decenas y las centenas para obtener el resultado fin

	1	4	2
	+	3	6
Paso 1			8
Paso 2		7	0
Paso 3	1	0	0
Paso 4	1	7	8

CONSEJO NINJA:

Para saber qué tienes que hacer si las unidades suman 10 o más, o las decenas suman 100 o más, consulta la pág. 27.

Para realizar una **suma compacta** tienes que hacer el mismo proceso qu en la forma expandida, pero no tienes que escribir todos los pasos.

Paso 1 Suma las unidades y escribe la respuesta en la línea del resultado.

Paso 2 Suma las decenas y escribe la respuesta en la línea del resultado.

Paso 3 Suma las centenas y escribe la respuesta en la línea del resultado.

Paso 1	1	4	2
Paso 2	+	3	6
Paso 3	1	7	8

Suma decimal

CONSEJO NINJA:

Lo esencial para una suma decimal es crear un valor posicional correcto. Para conseguirlo, escribe primero los comas decimales. Recuerda: tienen que estar situadas en la misma columna. Ahora, ya puedes colocar adecuadamente los números a los lados de los decimales.

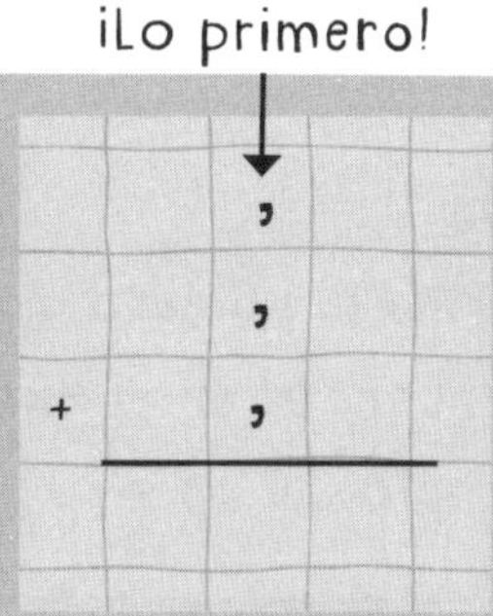

CONSEJO NINJA:

Intenta colocar las comas decimales en su propio cuadradito, en el centro. No sobre la línea.

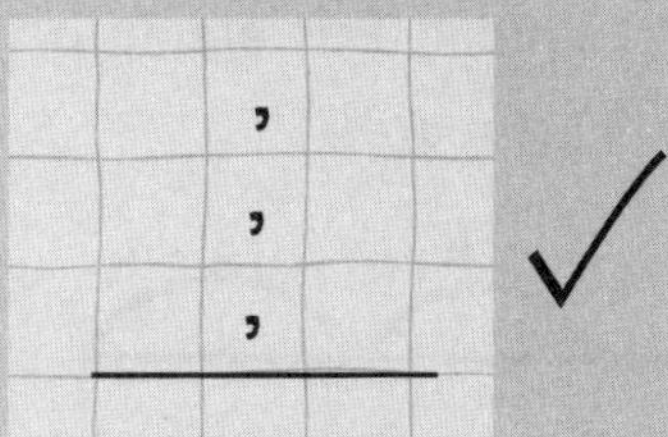

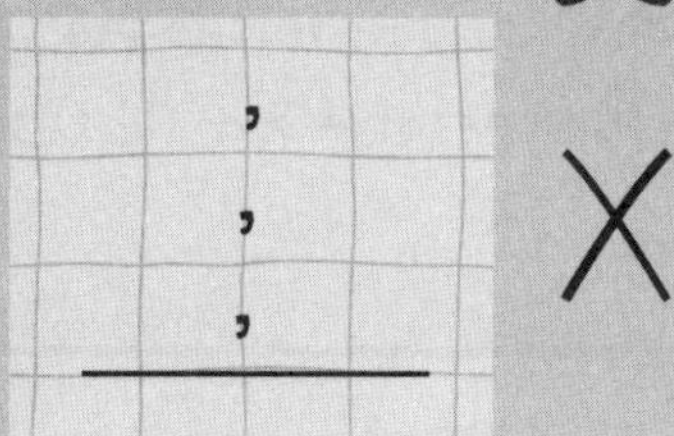

Ejemplos:

43,6 + 29,4 = ?

```
  4 3 , 6
+ 2 9 , 4
---------
  7 3 , 0
---------
  1 1
```

56,4 + 3,27 = ?

```
  5 6 , 4
+   3 , 2 7
-----------
  5 9 , 6 7
-----------
```

Estrategia para restar: rectas numéricas y contar hacia atrás

Paso 1

Escribe el número al que tienes que quitarle una cantidad (minuendo) en el extremo derecho de la recta numérica.

Ejemplo: 30 - 9 = ?

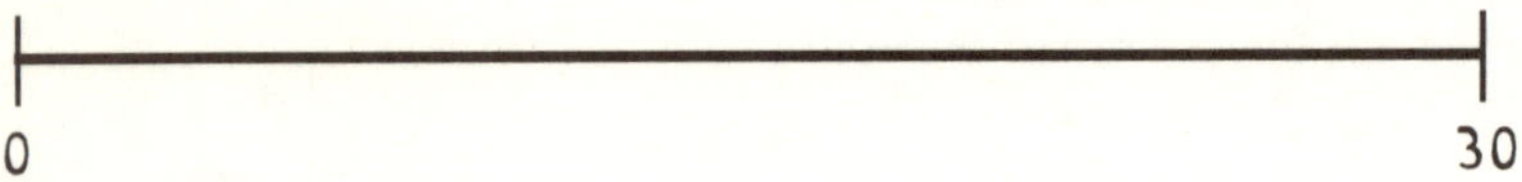

Paso 2

Divide el número que estás sustrayendo (sustraendo) en partes con las que te sea más fácil calcular. Por ejemplo, en lugar de restarle 9 a 30, réstale 5 y luego 4.

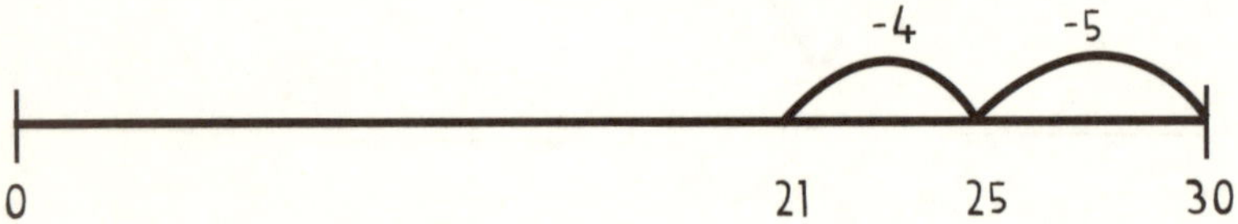

Así pues, 30 - 9 = 21

CONSEJO NINJA:

Contar hacia atrás desde las decenas es más fácil; entonces, ¿por qué no lo haces lo primero, si puedes? Por ejemplo, si tienes que restarle 9 a 23, quítale 3 para obtener 20 y, luego, a 20 quítale otros 6, para llegar a 14.

Estrategia para restar: contar hacia atrás con números de 3 cifras

Paso 1

Escribe el número al que tienes que quitarle una cantidad (minuendo) en el extremo derecho de la recta numérica.

Ejemplo: 146 - 28 = ?

Paso 2

Divide el número que estás sustrayendo (sustraendo) en partes con las que te sea más fácil calcular. Por ejemplo, en lugar de restarle 28 a 146, réstale 10, luego otros 10, luego 6 y luego 2.

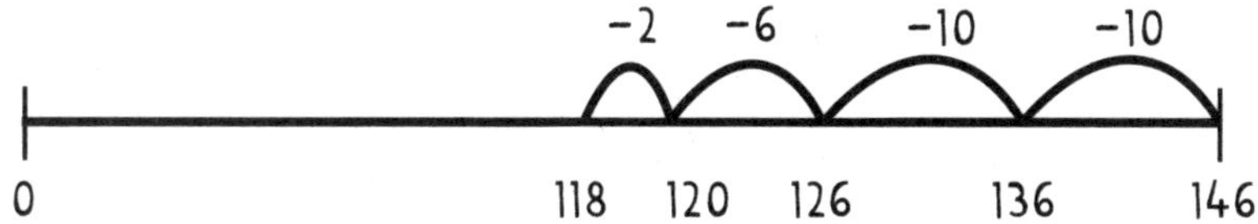

Así pues, 146 - 28 = 118

CONSEJO NINJA:

Contar hacia atrás en múltiplos de diez y de cien es más fácil; entonces, ¿por qué no empiezas por aquí, si puedes? Por ejemplo, si tienes que restarle 90 a 230, quítale 30 para obtener 200 y, luego, al 200, 60 más hasta llegar a 140.

Estrategia para restar: rectas numéricas y contar hacia delante

Ahora tu recta numérica es vertical. Vamos a utilizarla para contar hacia delante.

Paso 1

Empieza por el número que estás sustrayendo (sustraendo). Ahora será el punto de inicio. Ejemplo: 619 - 84 = ?

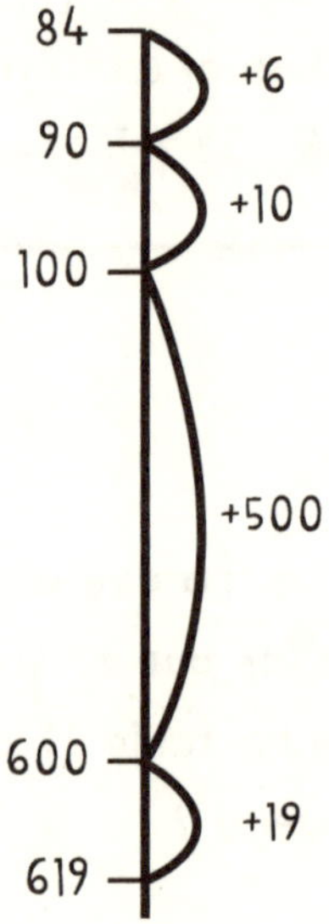

6
10
500
19
535
1

Paso 2

Cuenta hacia delante en partes/saltos para llegar hasta el número del que tienes que restar la primera cantidad (minuendo).

Paso 3

Suma esas partes/saltos para obtener la diferencia. Este es el resultado.

619 − 84 = 535

CONSEJO NINJA:

Para contar hacia delante, usa cantidades sencillas, como decenas y centenas.

Estrategia para restar: descomposición / restas en vertical

Método sin llevarse nada

Paso 1

Escribe la pregunta en forma vertical con el número mayor encima.

43 - 11 = ?

	4	3
-	1	1

259 - 108 = ?

	2	5	9
-	1	0	8

Paso 2

Empieza por la columna de las unidades. Resta el número que está debajo al que tiene encima. Escribe la diferencia debajo de la raya.

	4	3
-	1	1
		2

	2	5	9
-	1	0	8
			1

Paso 3

A continuación, pasa a la columna de las decenas y repite el proceso. Y lo mismo para las centenas, si las hubiera.

	4	3
-	1	1
	3	2

	2	5	9
-	1	0	8
	1	5	1

Estrategia para restar: descomposición / restas en vertical

Método llevándose

En algunas preguntas de restas, tienes que quitar un número más grande a un número más pequeño, por ejemplo, 5 - 8.

Cuando eso ocurre, tenemos que coger prestada una cifra de la columna de la izquierda. Esto se llama **reagrupación**.

Paso 1 Escribe la pregunta.

Ejemplo 1: 45 - 38 = ?

$$\begin{array}{r} 4\;5 \\ -\;3\;8 \\ \hline \\ \hline \end{array}$$

Ejemplo 2: 274 - 35 = ?

$$\begin{array}{r} 2\;7\;4 \\ -\;\;\;3\;5 \\ \hline \\ \hline \end{array}$$

Paso 2 Empieza por la columna que tiene el valor posicional más pequeño. Si la cifra de encima es menor que la que tiene debajo, coge un 1 de la cifra de la columna que está a su izquierda y escríbela al lado de la cifra a la que le estás restando. Tacha la cifra a la que le has quitado un 1 y escríbela con un 1 menos. Ahora ya puedes hacer la resta.

$$\begin{array}{r} {}^{3}\not{4}\;{}^{1}5 \\ -\;3\;\;8 \\ \hline 7 \\ \hline \end{array}$$

$$\begin{array}{r} 2\;{}^{6}\not{7}\;{}^{1}4 \\ -\;\;\;3\;\;5 \\ \hline 2\;3\;\;9 \\ \hline \end{array}$$

Resta decimal

Para restar cifras con decimales tienes que usar el mismo método que en la resta en vertical. Puede que tengas que llevarte alguna cantidad.

Paso 1 Escribe la pregunta con las comas decimales en la misma columna, para que el valor posicional quede claro. Igual tienes que escribir algunos ceros.

Ejemplo: 14 - 9,27 = ?

$$\begin{array}{r} 14,00 \\ 9,27 \\ \hline , \\ \hline \end{array}$$

Paso 2 Empieza por la columna con el valor posicional menor. Resta el número que tienes debajo al que tienes encima. Igual tienes que reagrupar, incluso más de una vez.

$$\begin{array}{r} 1\,{}^{3}\not{4},\,{}^{1}0\,0 \\ 9,\,2\,7 \\ \hline , \\ \hline \end{array} \longrightarrow \begin{array}{r} 1\,{}^{3}\not{4},\,{}^{\not{1}\,9}\not{0}\,{}^{1}0 \\ 9,\,2\,7 \\ \hline ,3 \\ \hline \end{array}$$

Paso 3 Pasa a restar la columna siguiente, hacia la izquierda, reagrupando si es necesario. Repite el proceso para cada columna.

$$\begin{array}{r} {}^{0}\not{1}\,{}^{13}\not{4},\,{}^{\not{1}\,9}\not{0}\,{}^{1}0 \\ 9,\,2\,7 \\ \hline 4,\,7\,3 \\ \hline \end{array}$$

14 - 9,27 = 4,73

3 Multiplicación y división

Vocabulario propio de la multiplicación y la división

Multiplicación: X

multiplicar	doble	grupos de
veces	triple	multiplicado por
duplicar	producto	

Partes de la multiplicación

5	x	3	=	15
factor	operador	factor		producto

División: ÷

dividido entre	dividir	grupos
repartir entre	igualmente	resto

Partes de la división

20	÷	4	=	5
dividendo	operador	divisor		cociente

Tablas de multiplicar: x 1, x 2, x 5

Tabla de multiplicar del 1: multiplicar cualquier número por 1 no implica ningún cambio, por ejemplo, 5 x 1 = 5.

0 x 1 = 0	5 x 1 = 5	9 x 1 = 9
1 x 1 = 1	6 x 1 = 6	10 x 1 = 10
2 x 1 = 2	7 x 1 = 7	11 x 1 = 11
3 x 1 = 3	8 x 1 = 8	12 x 1 = 12
4 x 1 = 4		

Multiplicar un número por 0 siempre es = 0. P. ej., 5 × 0 = 0.

Tabla de multiplicar del 2: multiplicar un número por 2 significa duplicarlo, por ejemplo, 5 x 2 = 10; duplicar 5 equivale a 10.

0 x 2 = 0	5 x 2 = 10	9 x 2 = 18
1 x 2 = 2	6 x 2 = 12	10 x 2 = 20
2 x 2 = 4	7 x 2 = 14	11 x 2 = 22
3 x 2 = 6	8 x 2 = 16	12 x 2 = 24
4 x 2 = 8		

Tabla de multiplicar del 5: todos los múltiplos de 5 terminan en 5 o en 0. Si multiplicas un número impar por 5, el producto termina en 5. Si multiplicas un número par por 5, el producto termina en 0.

0 x 5 = 0	5 x 5 = 25	9 x 5 = 45
1 x 5 = 5	6 x 5 = 30	10 x 5 = 50
2 x 5 = 10	7 x 5 = 35	11 x 5 = 55
3 x 5 = 15	8 x 5 = 40	12 x 5 = 60
4 x 5 = 20		

Tablas de multiplicar: x 10, x 3, x 4

Tabla de multiplicar del 10: todos los múltiplos de 10 terminan en 0.

0 x 10 = 0	5 x 10 = 50	9 x 10 = 90
1 x 10 = 10	6 x 10 = 60	10 x 10 = 100
2 x 10 = 20	7 x 10 = 70	11 x 10 = 110
3 x 10 = 30	8 x 10 = 80	12 x 10 = 120
4 x 10 = 40		

Tabla de multiplicar del 3: las cifras de los números que componen la tabla de multiplicar del 3 sumados dan multiplos de 3. En el número 24, las cifras 2 y 4, sumadas, dan 6, que es múltiplo de 3.

0 x 3 = 0	5 x 3 = 15	9 x 3 = 27
1 x 3 = 3	6 x 3 = 18	10 x 3 = 30
2 x 3 = 6	7 x 3 = 21	11 x 3 = 33
3 x 3 = 9	8 x 3 = 24	12 x 3 = 36
4 x 3 = 12		

Tabla de multiplicar del 4: la tabla de multiplicar del 4 es el doble de la tabla de multiplicar del 2, por ejemplo, 3 x 2 = 6 y 3 x 4 = 12.

0 x 4 = 0	5 x 4 = 20	9 x 4 = 36
1 x 4 = 4	6 x 4 = 24	10 x 4 = 40
2 x 4 = 8	7 x 4 = 28	11 x 4 = 44
3 x 4 = 12	8 x 4 = 32	12 x 4 = 48
4 x 4 = 16		

Tabla de multiplicar: x 6, x 7, x 8

Tabla de multiplicar del 6: la tabla de multiplicar del 6 es el doble que la del 3, por ejemplo, 4 x 3 = 12 y 4 x 6 = 24.

0 x 6 = 0	5 x 6 = 30	9 x 6 = 54
1 x 6 = 6	6 x 6 = 36	10 x 6 = 60
2 x 6 = 12	7 x 6 = 42	11 x 6 = 66
3 x 6 = 18	8 x 6 = 48	12 x 6 = 72
4 x 6 = 24		

Tabla de multiplicar del 7: los números de la tabla de multiplicar del 7 se obtienen combinando números de la tabla del 5 y del 2: 8 x 7 = 56, 8 x 5 = 40 y 8 x 2 = 16. La suma de 40 y 16 es 56.

0 x 7 = 0	5 x 7 = 35	9 x 7 = 63
1 x 7 = 7	6 x 7 = 42	10 x 7 = 70
2 x 7 = 14	7 x 7 = 49	11 x 7 = 77
3 x 7 = 21	8 x 7 = 56	12 x 7 = 84
4 x 7 = 28		

Tabla de multiplicar del 8: la tabla de multiplicar del 8 es el doble que la del 4, por ejemplo, 3 x 4 = 12 y 3 x 8 = 24. Puedes añadir 8 a un número de una forma más sencilla si le sumas 10 y le restas 2.

0 x 8 = 0	5 x 8 = 40	9 x 8 = 72
1 x 8 = 8	6 x 8 = 48	10 x 8 = 80
2 x 8 = 16	7 x 8 = 56	11 x 8 = 88
3 x 8 = 24	8 x 8 = 64	12 x 8 = 96
4 x 8 = 32		

Tablas de multiplicar: x 9, x 11, x 12

Tablas de multiplicar del 9: las cifras de todos los múltiplos de 9 suman 9; por ejemplo, 5 x 9 = 45, 4 + 5 = 9.

0 x 9 = 0	5 x 9 = 45	9 x 9 = 81
1 x 9 = 9	6 x 9 = 54	10 x 9 = 90
2 x 9 = 18	7 x 9 = 63	11 x 9 = 99
3 x 9 = 27	8 x 9 = 72	12 x 9 = 108
4 x 9 = 36		

Tablas de multiplicar del 11: todos los múltiplos de 11 por debajo de 100 tienen la misma cifra en las unidades y en las decenas; por ejemplo, 5 x 11 = 55.

0 x 11 = 0	5 x 11 = 55	9 x 11 = 99
1 x 11 = 11	6 x 11 = 66	10 x 11 = 110
2 x 11 = 22	7 x 11 = 77	11 x 11 = 121
3 x 11 = 33	8 x 11 = 88	12 x 11 = 132
4 x 11 = 44		

Tablas de multiplicar del 12: multiplicar por 10 y por 2 por separado puede ser mas sencillo que multiplicar por 12; por ejemplo, 2 x 10 = 20 + 2 x 2 = 4. Asi pues, 2 x 12= 24 (20 + 4)

0 x 12 = 0	5 x 12 = 60	9 x 12 = 108
1 x 12 = 12	6 x 12 = 72	10 x 12 = 120
2 x 12 = 24	7 x 12 = 84	11 x 12 = 132
3 x 12 = 36	8 x 12 = 96	12 x 12 = 144
4 x 12 = 48		

Información sobre la división

1 ÷ 1 = 1
2 ÷ 1 = 2
3 ÷ 1 = 3
4 ÷ 1 = 4
5 ÷ 1 = 5
6 ÷ 1 = 6
7 ÷ 1 = 7
8 ÷ 1 = 8
9 ÷ 1 = 9
10 ÷ 1 = 10
11 ÷ 1 = 11
12 ÷ 1 = 12

2 ÷ 2 = 1
4 ÷ 2 = 2
6 ÷ 2 = 3
8 ÷ 2 = 4
10 ÷ 2 = 5
12 ÷ 2 = 6
14 ÷ 2 = 7
16 ÷ 2 = 8
18 ÷ 2 = 9
20 ÷ 2 = 10
22 ÷ 2 = 11
24 ÷ 2 = 12

5 ÷ 5 = 1
10 ÷ 5 = 2
15 ÷ 5 = 3
20 ÷ 5 = 4
25 ÷ 5 = 5
30 ÷ 5 = 6
35 ÷ 5 = 7
40 ÷ 5 = 8
45 ÷ 5 = 9
50 ÷ 5 = 10
55 ÷ 5 = 11
60 ÷ 5 = 12

10 ÷ 10 = 1
20 ÷ 10 = 2
30 ÷ 10 = 3
40 ÷ 10 = 4
50 ÷ 10 = 5
60 ÷ 10 = 6
70 ÷ 10 = 7
80 ÷ 10 = 8
90 ÷ 10 = 9
100 ÷ 10 = 10
110 ÷ 10 = 11
120 ÷ 10 = 12

3 ÷ 3 = 1
6 ÷ 3 = 2
9 ÷ 3 = 3
12 ÷ 3 = 4
15 ÷ 3 = 5
18 ÷ 3 = 6
21 ÷ 3 = 7
24 ÷ 3 = 8
27 ÷ 3 = 9
30 ÷ 3 = 10
33 ÷ 3 = 11
36 ÷ 3 = 12

4 ÷ 4 = 1
8 ÷ 4 = 2
12 ÷ 4 = 3
16 ÷ 4 = 4
20 ÷ 4 = 5
24 ÷ 4 = 6
28 ÷ 4 = 7
32 ÷ 4 = 8
36 ÷ 4 = 9
40 ÷ 4 = 10
44 ÷ 4 = 11
48 ÷ 4 = 12

Información sobre la división

6 ÷ 6 = 1
12 ÷ 6 = 2
18 ÷ 6 = 3
24 ÷ 6 = 4
30 ÷ 6 = 5
36 ÷ 6 = 6
42 ÷ 6 = 7
48 ÷ 6 = 8
54 ÷ 6 = 9
60 ÷ 6 = 10
66 ÷ 6 = 11
72 ÷ 6 = 12

7 ÷ 7 = 1
14 ÷ 7 = 2
21 ÷ 7 = 3
28 ÷ 7 = 4
35 ÷ 7 = 5
42 ÷ 7 = 6
49 ÷ 7 = 7
56 ÷ 7 = 8
63 ÷ 7 = 9
70 ÷ 7 = 10
77 ÷ 7 = 11
84 ÷ 7 = 12

8 ÷ 8 = 1
16 ÷ 8 = 2
24 ÷ 8 = 3
32 ÷ 8 = 4
40 ÷ 8 = 5
48 ÷ 8 = 6
56 ÷ 8 = 7
64 ÷ 8 = 8
72 ÷ 8 = 9
80 ÷ 8 = 10
88 ÷ 8 = 11
96 ÷ 8 = 12

9 ÷ 9 = 1
18 ÷ 9 = 2
27 ÷ 9 = 3
36 ÷ 9 = 4
45 ÷ 9 = 5
54 ÷ 9 = 6
63 ÷ 9 = 7
72 ÷ 9 = 8
81 ÷ 9 = 9
90 ÷ 9 = 10
99 ÷ 9 = 11
108 ÷ 9 = 12

11 ÷ 11 = 1
22 ÷ 11 = 2
33 ÷ 11 = 3
44 ÷ 11 = 4
55 ÷ 11 = 5
66 ÷ 11 = 6
77 ÷ 11 = 7
88 ÷ 11 = 8
99 ÷ 11 = 9
110 ÷ 11 = 10
121 ÷ 11 = 11
132 ÷ 11 = 12

12 ÷ 12 = 1
24 ÷ 12 = 2
36 ÷ 12 = 3
48 ÷ 12 = 4
60 ÷ 12 = 5
72 ÷ 12 = 6
84 ÷ 12 = 7
96 ÷ 12 = 8
108 ÷ 12 = 9
120 ÷ 12 = 10
132 ÷ 12 = 11
144 ÷ 12 = 12

Matrices

Las matrices muestran un problema de multiplicación de forma gráfica. Simplemente, distribuye los números de la multiplicación en filas y columnas.
Asi pues, si tienes 3 x 4, por ejemplo, podrías crear 3 filas de 4 o 4 filas de 3, contar los puntos y obtener el resultado.

3 x 4

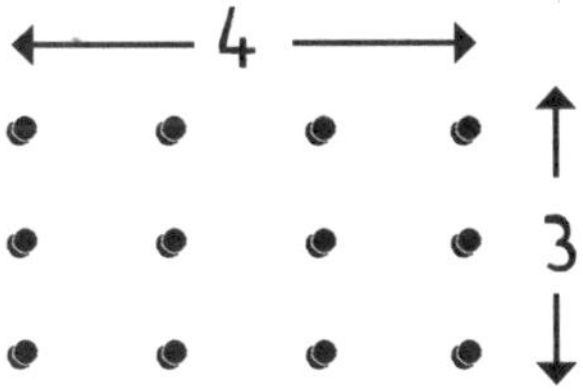

12

5 x 7

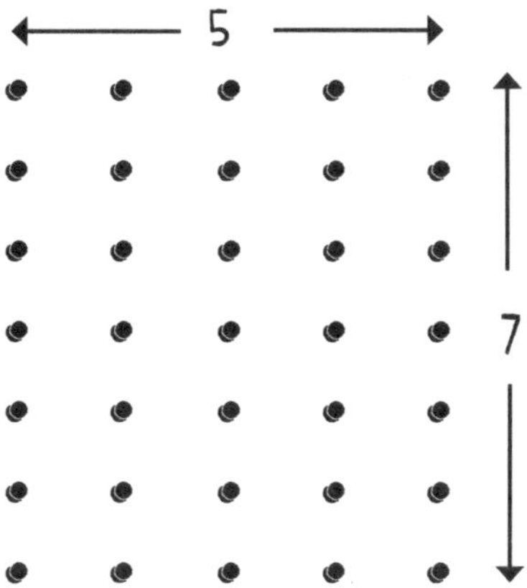

35

CONSEJO NINJA:

Recuerda, la multiplicación es **commutativa**. Es decir, puedes multiplicar los factores en ambas sentidos y sigues obteniendo el mismo resultado, como, por ejemplo, 3 × 4 = 12, 4 × 3 = 12.

Multiplicación: suma repetida

Paso 1

Dibuja una recta numérica que empiece por el cero.

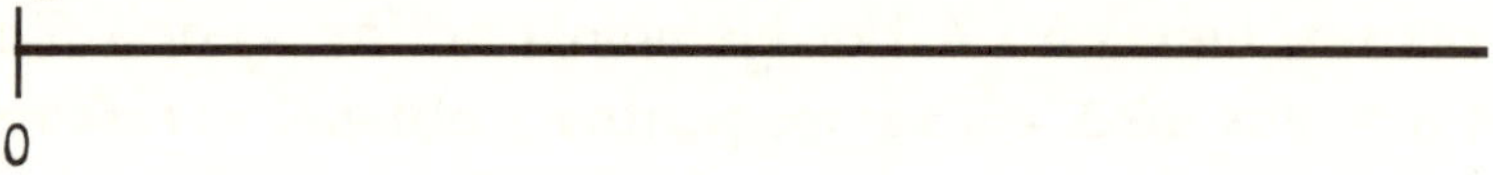

Paso 2

Suma repetidamente el factor que tú quieres, tomando nota de los saltos que haces y de los totales que vas obteniendo. A este proceso se le llama suma repetida.

Ejemplo 1: 4 x 5 = ?

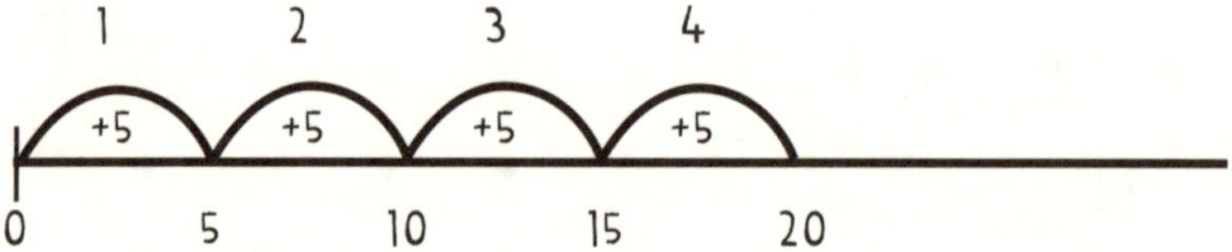

Ejemplo 2: 6 x 3 = ?

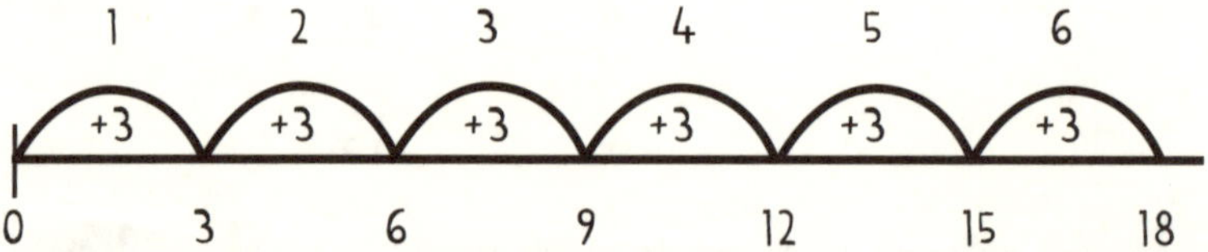

CONSEJO NINJA:

Elige como número para ir sumando repetidamente uno con el que te sientas cómodo sumando. Por ejemplo, en el caso de 8 × 3, ir sumando 3 puede ser más sencillo que ir sumando 8.

Multiplicación por descomposición / por cuadrículas

Paso 1 Descompón el factor de dos o tres cifras en valores, en unidades, decenas y centenas. Escribe estos números en la parte izquierda de la cuadrícula. Apunta el otro factor en la parte superior.

Ejemplo 1:
3 x 26 = ?

	3
20	
6	

Ejemplo 2:
4 x 132 = ?

	4
100	
30	
2	

Paso 2 Multiplica cada número de la parte izquierda por el factor superior. Escribe el total en la fila correspondiente.

Ejemplo 1:
3 x 26 = ?

	3
20	6 0
6	1 8

Ejemplo 2:
4 x 132 = ?

	4
100	4 0 0
30	1 2 0
2	8

Escribe el valor en la posición correcta.

Paso 3 Suma los valores de cada multiplicación, usando un cálculo mental o con una suma en vertical.

Ejemplo 1:
60 + 18 = 78
Así, 3 x 26 = 78

Ejemplo 2:
4 x 132 = 528

```
   4 0 0
 + 1 2 0
 +     8
 -------
   5 2 8
```

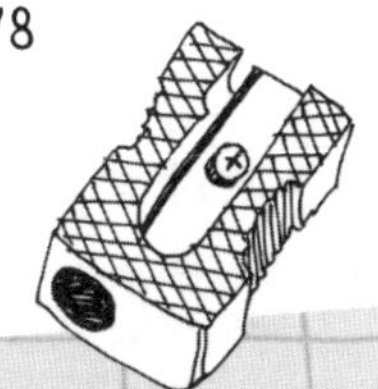

Multiplicación corta

Paso 1 Dispón el cálculo con el número mayor encima y alinea las cifras. Escribe el signo de la multiplicación.

Ejemplo de 2 cifras: 4 x 27 = ?

$$\begin{array}{rr} & 2\,7 \\ \times & 4 \\ \hline \end{array}$$

Ejemplo de 3 cifras: 5 x 342 = ?

$$\begin{array}{rr} & 3\,4\,2 \\ \times & 5 \\ \hline \end{array}$$

Paso 2 Multiplica el número superior por el número inferior. Primero, multiplica las unidades, luego las decenas y luego las centenas. Puedes apuntarlo, si te va mejor.

U: 7 x 4 = 28
D: 20 x 4 = 80

U: 2 x 5 = 10
D: 40 x 5 = 200
C: 300 x 5 = 1.500

Paso 3 Solo se puede colocar una cifra en cada columna del espacio para la respuesta. Si es necesario, tendrás que llevarte las cifras a la siguiente columna.

$$\begin{array}{rr} & 2\,7 \\ \times & 4 \\ \hline & 1\,0\,8 \\ \hline & 1\,2 \end{array}$$

$$\begin{array}{rr} & 3\,4\,2 \\ \times & 5 \\ \hline & 1\,7\,1\,0 \\ \hline & 1\,2\,1 \end{array}$$

CONSEJO NINJA:

No te olvides de sumar las cifras que te llevas..

Multiplicación corta expandida

El método expandido de una multiplicación corta nos ayuda a ver cada cálculo en su totalidad, para ver las cifras que te llevas.

Ejemplo 1: 5 x 126 = ?

	1	2	6	
x			5	
		3	0	(= 5 x 6)
	1	0	0	(= 5 x 20)
	5	0	0	(= 5 x 100)
	6	3	0	

Ejemplo 2: 3 x 245 = ?

	2	4	5	
x			3	
		1	5	(= 3 x 5)
	1	2	0	(= 3 x 40)
	6	0	0	(= 3 x 200)
	7	3	5	

Multiplicación larga

Paso 1 Escribe la operación que se te pide con el número mayor encima. Ejemplo: **24 x 35 = ?**

$$\begin{array}{r} 3\ 5 \\ \times\ 2\ 4 \\ \hline \end{array}$$

Paso 2 Multiplica las cifras superiores por las que están en la fila inferior. Empieza multiplicando la columna superior de las unidades por la inferior. Luego repite el proceso con la columna de las decenas, centenas, etc.

$$\begin{array}{r} 3\ 5 \\ \times\ 2\ 4 \\ \hline 1\ 4\ 0 \\ \hline 2\ \ \end{array} \quad (5 \times 4 = 20,\ 3 \times 4 = 12)$$

Paso 3 Escribe 0 en la columna de las unidades de la segunda fila de respuesta; eso es necesario porque ahora estás multiplicando por 10. Multiplica los números de la fila superior por las decenas de la fila inferior. Empieza multiplicando la columna superior de las unidades por la columna inferior de las decenas.

$$\begin{array}{r} 3\ 5 \\ \times\ 2\ 4 \\ \hline 1\ 4\ 0 \\ 7\ 0\ 0 \\ \hline 1\ 2\ \ \end{array} \quad (5 \times 2 = 10,\ 3 \times 2 = 6)$$

Colocar aquí un 0 te ayudará a conservar bien el valor posicional.

Paso 4 Suma ambas filas de respuesta utilizando la suma vertical.
24 x 35 = 840

$$\begin{array}{r} 3\ 5 \\ \times\ 2\ 4 \\ \hline 1\ 4\ 0 \\ +\ 7\ 0\ 0 \\ \hline 8\ 4\ 0 \end{array}$$

Multiplicación decimal

Multiplicación corta con decimales

Este tipo de multiplicación se hace igual que las cortas. En este caso, lo fundamental es asegurarse de que el valor posicional sea el correcto.

Ejemplo: 4 x 2,36 = ?

$$\begin{array}{r} 2{,}36 \\ \times \quad 4 \\ \hline 9{,}44 \\ \hline 1\ \ 2\ \ \end{array}$$

Multiplicación de dos o más cifras con decimales

Las reglas y la estrategia para las multiplicaciones de dos o más cifras siguen siendo las mismas al operar con decimales. No te olvides de colocar 0 cuando multipliques por la columna de las decenas.

Ejemplo: 16 x 3,42 = ?

$$\begin{array}{r} 3{,}42 \\ \times \quad 16 \\ \hline 2\,{}^{2}0{,}{}^{1}52 \\ 34{,}20 \\ \hline 54{,}72 \end{array}$$

CONSEJO NINJA:

Asegúrate de que la coma decimal del enunciado esté en la misma columna que la coma decimal de la respuesta. Intenta hacerlo ya bien cuando escribas la pregunta. Así, seguro que el valor posicional de la respuesta es correcto.

Multiplicación: descomponer por escrito

Descomponer por escrito es una estrategia para anotar tus cálculos mentales de una forma rápida y sencilla.

Paso 1 Escribe la pregunta del enunciado.

Ejemplo de 2 cifras: 4 x 26 = ? **Ejemplo de 3 cifras: 3 x 149 = ?**

Paso 2 Descompón (separa) los números de 2 o 3 cifras en sus valores de centenas, decenas y unidades. Luego, multiplica cada parte individualmente.

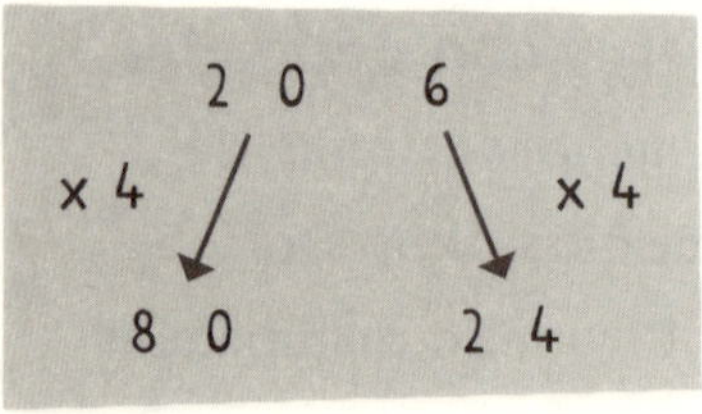

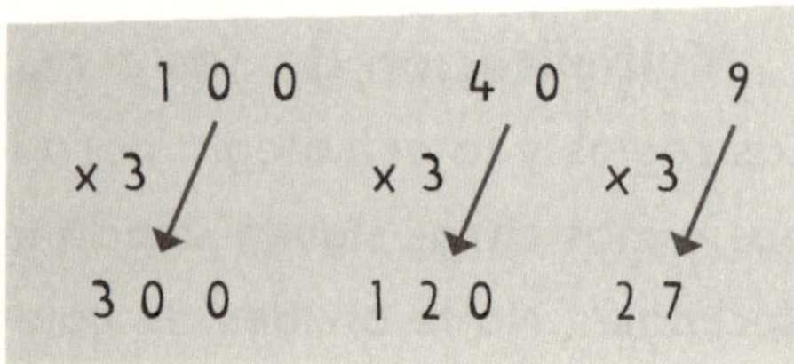

Paso 3 Suma las partes, escribiéndolo.

80 + 24 = 104

4 x 26 = 104

300 + 120 + 27 = 447

3 x 149 = 447

CONSEJO NINJA:

El motivo por el que escribimos las operaciones es para no tener que retener esta información en la cabeza. La podemos ver escrita y así resulta más fácil.

Estrategia de división: agrupar

Paso 1 Dibuja puntos hasta que obtengas el número que tienes que dividir (el dividendo).

Ejemplo sin resto: 15 ÷ 3 = ?

o o o o o o o o o o o o o o o

Ejemplo con resto: 13 ÷ 3 = ?

o o o o o o o o o o o o o

CONSEJO NINJA:

Agrupar es una forma visual de dividir números pequeños.

Paso 2 Dibuja círculos para agrupar tantos puntos como indica el número entre el que tienes que dividir (el divisor).

15 ÷ 3 =?

(o o o)(o o o)(o o o)(o o o)(o o o)

13 ÷ 3 =?

(o o o)(o o o)(o o o)(o o o) o

Paso 3 Cuenta el número de grupos que has hecho. Los puntos que te queden fuera serán el resto, ya que no hay suficientes para formar otro grupo completo.

5 grupos, de modo que 15 ÷ 3 = 5

(o o o)(o o o)(o o o)(o o o)(o o o)

4 grupos con 1 punto restante, de modo que 13 ÷ 3 = 4 y el resto es 1.

(o o o)(o o o)(o o o)(o o o) o

División corta

Paso 1 Escribe el enunciado de la forma siguiente.

212 ÷ 4 212 | 4

Paso 2 Empieza con el primer dígito del dividendo. Comprueba si se puede dividir entre el divisor. Si se puede, escribe la respuesta debajo del divisor. Si no, tendremos que coger una cifra más del dividendo.

```
212 | 4
```

2 no se puede dividir entre 4. Así que cogemos el siguiente número del dividendo, el 1. Nos queda 21. Tendremos que dividir 21 entre 4. Por lo tanto, tenemos que buscar un número que, multiplicado por 4, nos dé 21. Como no hay ninguno que dé exacto, buscamos el número menor que más se aproxime: 4 x 5 = 20. En este caso, 20 es el número que, siendo menor que 21, más se aproxima. Por lo tanto, escribimos 5 al cociente y restamos 20 al 21: 21 - 20 = 1

```
212 | 4
20    5
---
 1
```

```
212 | 4
20    53
---
 12
```

Como 1 es más pequeño que 4, bajamos el siguiente número del dividendo, el 2, y nos queda 12. Dividimos 12 ÷ 4 = 3
El resultado final de la división es **53**.

Paso 3 Si te queda un resto cuando divides el valor posicional menor, entonces este resto formará parte del resultado.

Ejemplo con resto:

```
206 | 6
18    34
---
 26
 24
 ---
  2
```

206 ÷ 6 = 34 y el resto es 2.

CONSEJO NINJA:

La división corta se suele usar normalmente para dividir entre un número de una cifra.

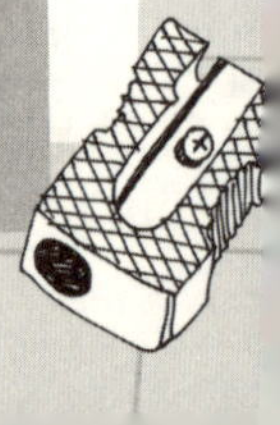

Estrategia de división: recta numérica

Paso 1 Dibuja una recta numérica vertical con un cero en la parte inferior.
Ejemplo: **35 ÷ 7 = ?**

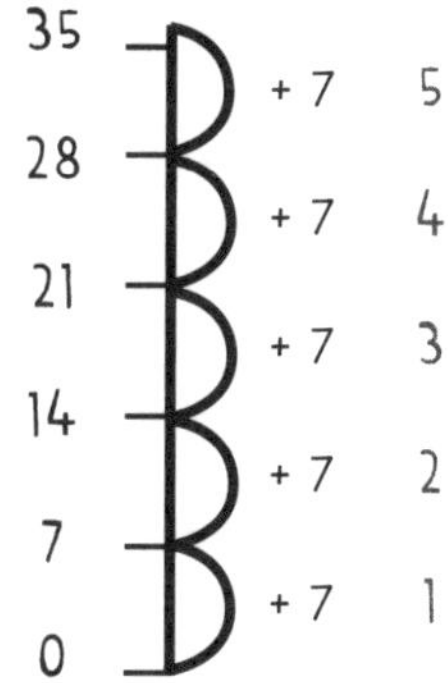

Paso 2 Cuenta pasos del valor del número entre el que estás dividiendo (divisor) hasta llegar al número que quieres dividir (dividendo). La respuesta será el número de pasos (5).

Pasos combinados Puedes usar trozos más grandes y, así, tendrás menos pasos. En vez de 10 pasos de 7, puede que sepas que 10 x 7 = 70.

Paso 1 Dibuja una recta numérica.
Ejemplo: **94 ÷ 7 = ?**

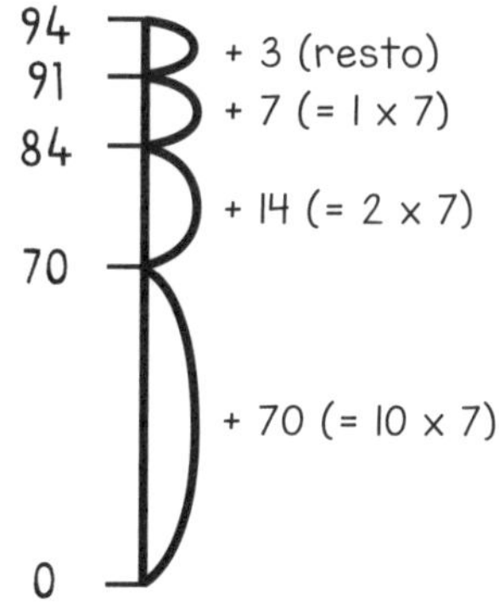

Paso 2 Elige un múltiplo del divisor como trozo más grande. Ves contando a partir de este múltiplo. Anota cuántas veces cabe el divisor en ese trozo.

Paso 3 Si ese trozo es muy grande para volver a contar a partir de él, elige trozos más pequeños hasta llegar al dividendo. La respuesta es el total de veces que el divisor cabe en esos trozos (13 r 3).

CONSEJO NINJA:

Si añadir el divisor una vez más no es posible pero aún no has llegado al dividendo, la diferencia entre el número al que quieres llegar y el dividendo es el resto.

División larga

Paso 1 Escribe el enunciado de la pregunta como en los siguientes ejemplos.

Ejemplo de 2 cifras:

```
57 | 3
   └─────
```

Ejemplo de 3 cifras:

```
194 | 6
    └─────
```

Paso 2 Resta múltiplos del divisor del dividendo. Entre paréntesis, escribe cuántos grupos del divisor caben en ese trozo.

```
  57 | 3
     └─────
-    30  (10 x 3)
    ───
     27
```

```
  194 | 6
      └─────
-      60  (10 x 6)
     ─────
      134
```

Paso 3 Repite el proceso hasta que no puedas restar más veces el divisor.

```
  57 | 3
     └─────
-    30  (10 x 3)
    ───
     27
-    27  (9 x 3)
    ───
      0
```

```
  194 | 6
      └─────
-      60  (10 x 6)
     ─────
      134
-     120  (20 x 6)
     ─────
       14
-      12  (2 x 6)
     ─────
        2
```

Paso 4 Suma los grupos del divisor que has usado y apuntado entre paréntesis. Esa será tu respuesta. Lo que quede es el resto (r): ese valor es menor que el divisor.

$10 + 9 = 19$, $57 \div 3 = 19$

$10 + 20 + 2 = 32$, $194 \div 6 = 32$ r 2

División larga: tablas parciales

Las tablas parciales nos ayudan a operar con números de los que seguramente no te sabrás las tablas de multiplicar. Con una tabla parcial puedes calcular fácilmente x 1, x 2, x 4, x 10 y x 5.

Paso 1 Dibuja una tabla como esta. Escribe 1, 2, 4, 10 y 5 en este orden en la columna de la izquierda. Escribe el divisor en la parte superior (en nuestro caso, 14).

x	14
1	
2	
4	
10	
5	

Paso 2 Calcula los resultados de multiplicar x 1, x 2 y x 4. 1 x 14 = 14, 2 x 14 = 28, etc.

x	14	
1	14	x 2
2	28	x 2
4	56	
10		
5		

Paso 3 Completa x 10. Entonces divide la respuesta por la mitad para obtener x 5.

x	14	
1	14	x 2
2	28	x 2
4	56	
10	140	÷ 2
5	70	

CONSEJO NINJA:

Lee la página siguiente para saber cómo usar las tablas parciales para la división. Funciona mejor en el caso de los números de dos cifras.

División larga: tablas parciales

Puedes usar las tablas parciales para resolver las divisiones largas.

Completa la tabla. Después, usa el método de la división larga (pág. 53). Utiliza tus respuestas de la tabla parcial para decidir qué trozos restarás del dividendo.

Recuerda que tienes que escribir entre paréntesis la cantidad de grupos del divisor que caben en el trozo. Ya tienes ese número en la columna de la izquierda de la tabla parcial.

Ejemplo: 672 ÷ 16 = ?

	16
1	16
2	32
4	64
10	160
5	80

× 2 (de 1 a 2)
× 2 (de 2 a 4)
÷ 2 (de 10 a 5)

```
        4 2
16  |  6 7 2
   -   6 4 0  (40 × 16)
         3 2
   -     3 2  (2 × 16)
           0
```

Puedes usar la tabla parcial para encontrar trozos aún mayores. Ejemplo: aquí hemos tomado 4 × 16 = 64 y lo hemos hecho 10 veces mayor: 40 × 16 = 640. Eso te ayudará a resolver el problema más rápido.

4 Fracciones, decimales y porcentajes

Fracciones, decimales y porcentajes

<table>
<tr><td colspan="40">$\frac{1}{1}$ = 1,0 = 100%</td></tr>
<tr><td colspan="20">$\frac{1}{2}$ = 0,5 = 50%</td><td colspan="20">$\frac{1}{2}$ = 0,5 = 50%</td></tr>
<tr><td colspan="10">$\frac{1}{4}$ = 0,25 = 25%</td><td colspan="10">$\frac{1}{4}$ = 0,25 = 25%</td><td colspan="10">$\frac{1}{4}$ = 0,25 = 25%</td><td colspan="10">$\frac{1}{4}$ = 0,25 = 25%</td></tr>
<tr><td colspan="5">$\frac{1}{8}$ = 0,125 = 12,5%</td><td colspan="5">$\frac{1}{8}$ = 0,125 = 12,5%</td><td colspan="5">$\frac{1}{8}$ = 0,125 = 12,5%</td><td colspan="5">$\frac{1}{8}$ = 0,125 = 12,5%</td><td colspan="5">$\frac{1}{8}$ = 0,125 = 12,5%</td><td colspan="5">$\frac{1}{8}$ = 0,125 = 12,5%</td><td colspan="5">$\frac{1}{8}$ = 0,125 = 12,5%</td><td colspan="5">$\frac{1}{8}$ = 0,125 = 12,5%</td></tr>
<tr><td colspan="8">$\frac{1}{5}$ = 0,20 = 20%</td><td colspan="8">$\frac{1}{5}$ = 0,20 = 20%</td><td colspan="8">$\frac{1}{5}$ = 0,20 = 20%</td><td colspan="8">$\frac{1}{5}$ = 0,20 = 20%</td><td colspan="8">$\frac{1}{5}$ = 0,20 = 20%</td></tr>
<tr><td colspan="4">$\frac{1}{10}$ = 0,10 = 10%</td><td colspan="4">$\frac{1}{10}$ = 0,10 = 10%</td><td colspan="4">$\frac{1}{10}$ = 0,10 = 10%</td><td colspan="4">$\frac{1}{10}$ = 0,10 = 10%</td><td colspan="4">$\frac{1}{10}$ = 0,10 = 10%</td><td colspan="4">$\frac{1}{10}$ = 0,10 = 10%</td><td colspan="4">$\frac{1}{10}$ = 0,10 = 10%</td><td colspan="4">$\frac{1}{10}$ = 0,10 = 10%</td><td colspan="4">$\frac{1}{10}$ = 0,10 = 10%</td><td colspan="4">$\frac{1}{10}$ = 0,10 = 10%</td></tr>
</table>

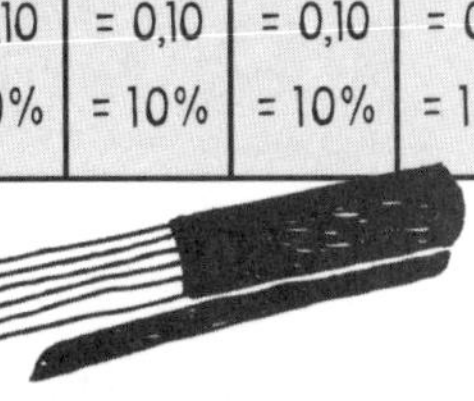

Conceptos básicos sobre fracciones

Una fracción se usa para representar las partes de un todo. Una fracción está formada por un numerador, una barra de fracción y un denominador.

numerador → 1
barra de fracción → —
denominador → 2

El numerador es la cantidad de partes iguales que tenemos.
El denominador es la cantidad de parte iguales de que se compone el todo.

Diferentes formas de representar las fracciones

Parte de un grupo

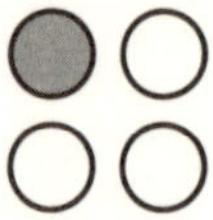

$= \frac{1}{4}$

Recta numérica

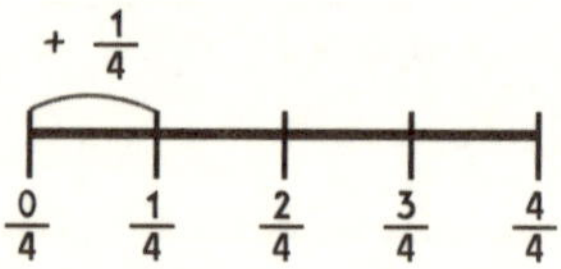

Modelo de barras

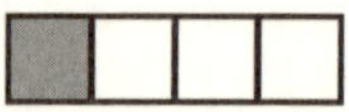

$= \frac{1}{4}$

Círculo

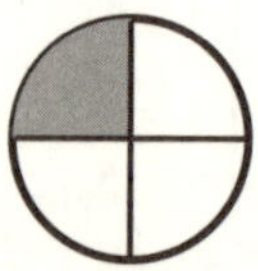

$= \frac{1}{4}$

Vocabulario esencial:

todo
parte
mitad
cuarto
numerador
denominador

CONSEJO NINJA:

Si te sabes las tablas de multiplicar, te resultará más fácil operar con fracciones.

Fracciones equivalentes

Mitades: una mitad es una fracción escrita como ½. Pero también se puede mostrar como 2/4, 3/6, 4/8, etc. Se conocen como fracciones equivalentes: son iguales entre ellas.

Recuerda: «mitad» significa que algo se divide o se comparte entre dos. O sea que, cuando nos referimos a una mitad, piensa en cómo se divide el todo en 2 partes iguales.

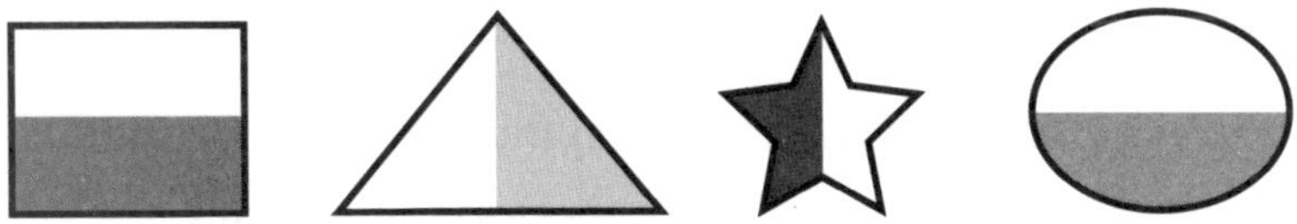

Quarts: un cuarto como fracción se escribe así: 1/4, pero también podría representarse como 2/8, 3/12, 4/16, etc. Estas son fracciones equivalentes a 1/4.

Recuerda: un cuarto significa que se divide o se comparte entre cuatro. O sea que cuando nos referimos a un cuarto, piensa en como se divide el todo en 4 partes iguales.

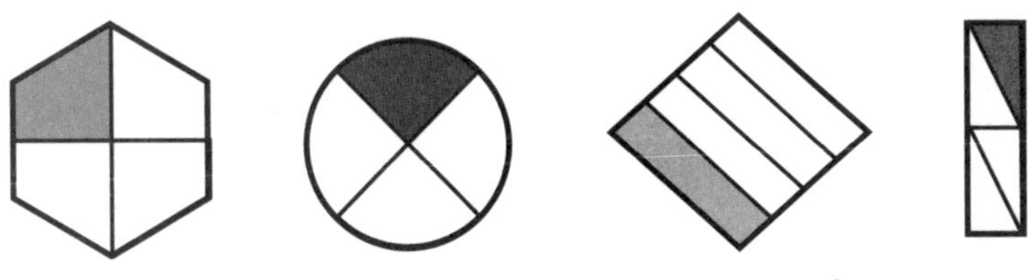

Fracciones equivalentes

Las **fracciones equivalentes** son fracciones con el mismo valor, pero que tienen numeradores y denominadores diferentes.

$\frac{2}{4}$ $\frac{3}{6}$ $\frac{4}{8}$ $\frac{8}{16}$ $\frac{12}{24}$ son todas equivalentes a una mitad.

$\frac{2}{8}$ $\frac{3}{12}$ $\frac{5}{20}$ $\frac{6}{24}$ son todas equivalentes a un cuarto.

$\frac{2}{10}$ $\frac{3}{15}$ $\frac{4}{20}$ $\frac{10}{50}$ son todas equivalentes a un quinto.

Las fracciones son iguales porque si multiplicas o divides tanto el numerador como el denominador por el mismo número, se incrementan o disminuyen el mismo valor.

$$\frac{1}{2} \xrightarrow[\times 2]{\times 2} \frac{2}{4} \xrightarrow[\times 2]{\times 2} \frac{4}{8}$$

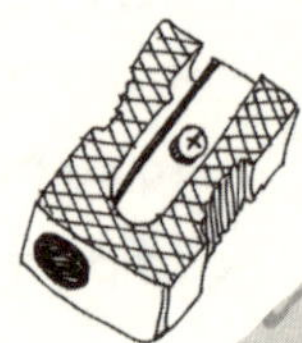

Visualmente, se parece a:

$\frac{1}{2}$ = $\frac{2}{4}$ = $\frac{4}{8}$

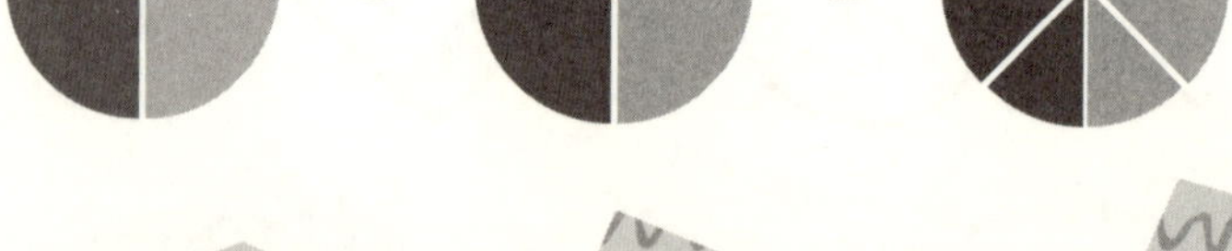

Simplificar fracciones

Al trabajar con fracciones, a lo mejor te piden que simplifiques una fracción. Eso significa conseguir que el denominador sea lo más pequeño posible.
Para simplificar una fracción, tienes que dividir el numerador y el denominador entre el mismo número.
O sea que tienes que encontrar números entre los que se puedan dividir tanto el numerador como el denominador.

Si divides entre 2:

$\frac{16}{32} \rightarrow \frac{8}{16} \rightarrow \frac{4}{8} \rightarrow \frac{2}{4} \rightarrow \frac{1}{2}$

Si divides entre 4:

$\frac{16}{32} \rightarrow \frac{4}{8} \rightarrow \frac{1}{2}$

Si divides entre 16:

$\frac{16}{32} \rightarrow \frac{1}{2}$

O puedes usar una combinación de números: si no puedes volver a dividir entre el mismo número, prueba con otro más pequeño: primero entre 8 y, luego, entre 2:

$\frac{16}{32} \rightarrow \frac{2}{4} \rightarrow \frac{1}{2}$

CONSEJO NINJA:

Si te cuesta simplificar una fracción, sigue dividiéndola entre 2 hasta que no puedas dividirla por un número entero.

CONSEJO NINJA:

Cuanto mayor sea el número que encuentres entre el que se pueda dividir tanto el numerador como el denominador, más rápido simplificarás una fracción.

Sumar y restar fracciones

Sumar y restar fracciones con el mismo denominador es muy fácil.

Cuando sumamos o restamos fracciones con el mismo denominador, este se mantiene igual, mientras que el numerador crece o disminuye.

Ejemplos de sumas:

$$\frac{1}{4} + \frac{1}{4} = \frac{2}{4}$$

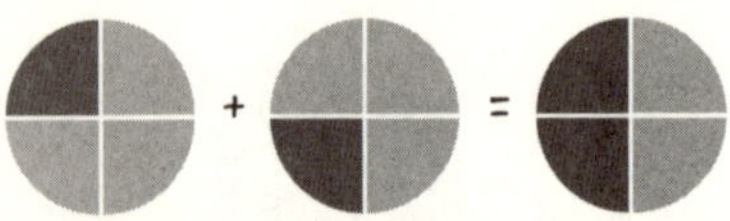

$$\frac{2}{7} + \frac{3}{7} = \frac{5}{7}$$

$$\frac{6}{13} + \frac{4}{13} = \frac{10}{13}$$

Ejemplos de restas:

$$\frac{2}{4} - \frac{1}{4} = \frac{1}{4}$$

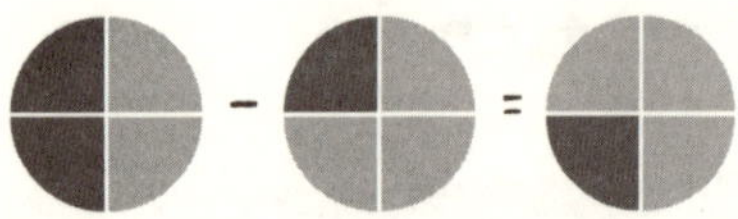

$$\frac{5}{6} - \frac{2}{6} = \frac{3}{6}$$

$$\frac{8}{9} - \frac{6}{9} = \frac{2}{9}$$

Sumar y restar fracciones

Para sumar o restar fracciones con denominadores diferentes, primero tienes que cambiar los denominadores para que sean iguales. Para conseguirlo, tienes que encontrar un múltiplo común (un número que esté en las tablas de multiplicar de ambos denominadores) y después cambiarlos por ese número. Esto se llama común denominador.

Ejemplo: $\frac{1}{3} + \frac{1}{4} = ?$

Tabla de multiplicar del 3: 3, 6, 9, 12, 15

Tabla de multiplicar del 4: 4, 8, 12, 16, 20

Para que el 3 se convierta en 12, multiplicamos por 4, así que multiplicamos también el numerador por 4. Para que 4 se convierta en 12, multiplicamos por 3, así que multiplicamos también por 3 el numerador.

Reescribe el problema con el 12 como común denominador en ambas fracciones y con los nuevos numeradores.

$$\frac{1}{3} \xrightarrow{\times 4} \frac{4}{12} \qquad \frac{1}{4} \xrightarrow{\times 3} \frac{3}{12} \qquad \frac{4}{12} + \frac{3}{12} = ?$$

Ahora, simplemente, suma o resta los numeradores.

$$\frac{4}{12} + \frac{3}{12} = \frac{7}{12} \qquad \frac{1}{3} + \frac{1}{4} = \frac{7}{12}$$

CONSEJO NINJA:

A veces, los denominadores tienen más de un múltiplo común. Intenta utilizar el menor. Eso se llama mínimo común múltiplo.

Comparar y ordenar fracciones

Comparar fracciones

Comparamos fracciones viendo si son menores, mayores o iguales. Este proceso es más sencillo si los denominadores son iguales. Si son distintos, encuentra un común denominador para ambas fracciones y haz los cambios pertinentes (ver pág. 63).

Ejemplo: ¿Qué fracción es mayor? ¿$\frac{5}{8}$ o $\frac{4}{6}$?

$$\frac{5}{8} \xrightarrow{\times 3} \frac{15}{24} \qquad \frac{4}{6} \xrightarrow{\times 4} \frac{16}{24}$$

Cuando tienes fracciones equivalentes con los denominadores iguales, es más fácil compararlas. $\frac{16}{24}$ es mayor que $\frac{15}{24}$. Por tanto, $\frac{4}{6}$ es mayor que $\frac{5}{8}$.

Ordenar fracciones

Ordenar fracciones es lo mismo que compararlas, lo único es que tiene más fracciones con las que operar. Puede que te pidan que ordenes un conjunto de fracciones de menor a mayor.

Ejemplo: Ordena $\frac{1}{2}$, $\frac{3}{4}$, $\frac{4}{6}$ y $\frac{5}{12}$ de menor a mayor.

$$\frac{1}{2} \xrightarrow{\times 6} \frac{6}{12} \qquad \frac{3}{4} \xrightarrow{\times 3} \frac{9}{12} \qquad \frac{4}{6} \xrightarrow{\times 2} \frac{8}{12} \qquad \frac{5}{12} \rightarrow \frac{5}{12}$$

ya tiene el denominador común

En orden: $\frac{5}{12}$, $\frac{6}{12}$, $\frac{8}{12}$, $\frac{9}{12}$. La respuesta es: $\frac{5}{12}$, $\frac{1}{2}$, $\frac{4}{6}$, $\frac{3}{4}$.

CONSEJO NINJA:

Al escribir la respuesta final, usa las fracciones originales del enunciado, no las fracciones equivalentes.

Fracciones impropias y números mixtos

Las **fracciones impropias** tienen un numerador mayor que el denominador; la fracción es más grande que el todo. Por ejemplo, $\frac{6}{5}$, cuando $\frac{5}{5}$ es un todo.

Las **fracciones propias** tienen un numerador menor que el denominador; la fracción es más pequeña que el todo. Por ejemplo $\frac{4}{5}$, cuando $\frac{5}{5}$ es el todo.

Un **número mixto** es un número entero y una fracción.

Para convertir una fracción impropia en un número mixto:

Paso 1 Divide el numerador entre el denominador

$\frac{7}{5} = 7 \div 5 = 1$ r 2 (hay una parte entera de 5 en 7 y me sobran 2)

Paso 2 La primera parte de la respuesta es el número entero del número mixto. Para obtener la parte de la fracción, escribe el resto como el numerador encima del denominador original.

$\frac{7}{5} = 7 \div 5 = 1$ r $2 = 1\frac{2}{5}$ $\qquad$ $\frac{7}{5} = 1\frac{2}{5}$

Para convertir un número mixto en una fracción impropia:

Paso 1 Multiplica la parte del número entero del número mixto por el denominador de la fracción para convertir el número entero en una fracción.

Ejemplo: $2\frac{1}{4}$ $\qquad$ $2 \times 4 = 8$, o sea $2 = \frac{8}{4}$

Paso 2 Suma el resultado a la parte de la fracción del número mixto. Esta es la nueva fracción impropia.

$\frac{8}{4} + \frac{1}{4} = \frac{9}{4}$ $\qquad$ Respuesta: $\frac{1}{4} = \frac{9}{4}$

Multiplicar fracciones propias

Multiplicar fracciones propias es muy fácil.

Debes multiplicar los numeradores entre ellos para obtener el nuevo numerador.
Después, multiplica los denominadores para obtener el nuevo denominador.

Ejemplo: ¿Cuánto es $\frac{3}{4} \times \frac{2}{5}$?

$$\frac{3}{4} \times \frac{2}{5} \xrightarrow[4 \times 5]{3 \times 2} = \frac{6}{20}$$

$$\frac{6}{20} \xrightarrow[\div 2]{\div 2} \text{simplificada } \frac{3}{10}$$

$$\frac{3}{4} \times \frac{2}{5} = \frac{6}{20} \text{ o } \frac{3}{10}$$

CONSEJO NINJA:

Está bien acostumbrarse a simplificar fracciones siempre que sea posible; lee la página 61 para saber cómo hacerlo.

Multiplicar y dividir fracciones propias por números enteros

Multiplicar fracciones propias por un número entero

Para multiplicar una fracción propia por un número entero, multiplica el numerador por el número entero para obtener el nuevo numerador. El denominador queda igual.

Ejemplo: $\frac{2}{6} \times 2 = ?$ $\qquad \frac{2}{6} \xrightarrow{\times 2} \frac{4}{6}$ $\qquad \frac{2}{6} \times 2 = \frac{4}{6}$

A veces, multiplicas una fracción y terminas con una fraccion impropia. Asegúrate de convertir esa fracción impropia en un número mixto (ver pág. 65).

Ejemplo: $\frac{2}{4} \times 5 = ?$ $\qquad \frac{2}{4} \times 5 = \frac{10}{4}$ $\qquad$ ($\frac{10}{4}$ es impropia)

¿Cuántos 4 hay en 10?

2, y me sobran 2.

$\frac{2}{4} \times 5 = 2\frac{2}{4}$

Dividir fracciones propias entre un número entero

Para dividir una fracción propia entre un número entero, tienes que multiplicar el denominador por el número entero y asi conseguirás el nuevo denominador. El numerador sigue siendo el mismo.

Ejemplo: $\frac{2}{6} \div 2 = ?$ $\qquad \frac{2}{6} \xrightarrow{\text{denominador} \times 2} \frac{2}{12}$ $\qquad \frac{2}{6} \div 2 = \frac{2}{12}$

Multiplicar números mixtos por números enteros

Método 1: Convertir a fracción impropia

Paso 1 Multiplica el denominador (4) por el número entero (2) y, después, súmale el numerador (1).

E: $2\frac{1}{4} \times 3 = ?$ $4 \times 2 + 1 = 9$ $2\frac{1}{4} = \frac{9}{4}$

Paso 2 Multiplica la fracción impropia por el número entero (numerador por número entero). $\frac{9}{4} \times 3 = \frac{27}{4}$

Paso 3 Convierte la nueva fracción impropia en un número mixto. Divide el numerador entre el denominador para conseguir el número entero. El resto será el nuevo numerador. El denominador es el mismo que el del número mixto original.

$27 \div 4 = 6 \text{ r } 3$ $\frac{27}{4} = 6\frac{3}{4}$ $2\frac{1}{4} \times 3 = 6\frac{3}{4}$

Método 2: Descomponer el número mixto

Paso 1 Descompón el número entero y la fracción propia.

E: $2\frac{1}{4} \times 3 = ?$ $2\frac{1}{4} \longrightarrow 2 \quad \frac{1}{4}$

Paso 2 Multiplica ambas partes por el número entero (3).

$2 \times 3 = 6$ $\frac{1}{4} \times 3 = \frac{3}{4}$

Paso 3 Suma las dos partes. El resultado será la respuesta.

$6 + \frac{3}{4} = 6\frac{3}{4}$ $2\frac{1}{4} \times 3 = 6\frac{3}{4}$

Sumar y restar números mixtos

Método 1: Convertir a una fracción impropia

CONSEJO NINJA: Para hacerlo, encuentra un común denominador (ver pág. 64).

Paso 1 Convierte ambos números mixtos en fracciones impropias.

Ejemplo: $2\frac{1}{3} + 1\frac{1}{2} = ?$

Ve a la pág. 65 para saber cómo hacerlo.

$2\frac{1}{3} = \frac{7}{3}$ $\quad 1\frac{1}{2} = \frac{3}{2}$

Paso 2 Encuentra el mínimo común denominador de las dos fracciones impropias. Es 6.

$3 \times 2 = 6$

$2 \times 3 = 6$

Paso 3 Multiplica el numerador de cada fracción por la misma cantidad por la que has multiplicado el denominador.

$\frac{7}{3} \xrightarrow{\times 2} \frac{14}{6}$ $\quad \frac{3}{2} \xrightarrow{\times 3} \frac{9}{6}$

Paso 4 Suma ambas fracciones.

$\frac{14}{6} + \frac{9}{6} = \frac{23}{6}$

Paso 5 Conviértela en un número mixto.

$\frac{23}{6} = 3\frac{5}{6}$

CONSEJO NINJA:

Este proceso funciona igual en el caso de la resta.

Sumar y restar números mixtos

Método 2: Descomponer los números mixtos

Funciona igual en el caso de la resta.

Paso 1 Descompón (separa) los números enteros de las fracciones.

Ejemplo: $2\frac{1}{3} + 1\frac{1}{2} = ?$ $\quad$ (2) $\frac{1}{3}$ $\quad$ (1) $\frac{1}{2}$

números enteros

Paso 2 Suma los números enteros. $2 + 1 = 3$

Paso 3 Encuentra el mínimo común denominador de las dos fracciones propias. Es 6. $\quad 3 \times 2 = 6 \quad 2 \times 3 = 6$

Paso 4 Multiplica el numerador de cada fracción por la misma cantidad por la que hayas multiplicado el denominador.

$$\frac{1}{3} \xrightarrow{\times 2} \frac{2}{6} \qquad \frac{1}{2} \xrightarrow{\times 3} \frac{3}{6}$$

Paso 5 Suma ambas fracciones.

$$\frac{2}{6} + \frac{3}{6} = \frac{5}{6}$$

Paso 6 No te olvides de sumar el número entero total del paso 2 al número mixto final.

$$3 + \frac{5}{6} = 3\frac{5}{6} \qquad 2\frac{1}{3} + 1\frac{1}{2} = 3\frac{5}{6}$$

Fracciones de cantidades

CONSEJO NINJA:

Si te sabes las tablas de multiplicar y las principales divisiones, te resultará mucho más sencillo encontrar fracciones de cantidades.

CONSEJO NINJA:

Fíjate en el denominador. Si es un 7, empieza a pensar en la tabla de multiplicar del 7. Si es un 3, empieza a pensar en la del 3 y, si es un 9, pensar en la tabla del 3 también te servirá.

Para encontrar la fracción de una cantidad, ¡lo único que tienes que hacer es dividir el número entero entre el denominador (Paso 1), y luego multiplicar la respuesta por el numerador (Paso 2)!

Es decir, divide entre el de abajo y multiplica por el de arriba.

Ejemplo : $\frac{4}{7}$ de 35 = ?

Paso 1 $35 \div 7 = 5$

↑ el denominador

1	2	3	4	5	6	7	
5	5	5	5	5	5	5	= 35

35 se divide en 7 partes iguales. Cada parte vale 5.

Paso 2 $5 \times 4 = 20$

↑ el numerador

1	2	3	4	5	6	7	
5	5	5	5	5	5	5	= 35

Aquí tenemos que encontrar el valor de 4 partes. 5 × 4 = 20.

$\frac{4}{7}$ de 35 = 20

Comparar y ordenar decimales

Paso 1

Escribe los números que tengas que comparar.

Ejemplo: 7,6 7,15 7,23 7,2 7,08

Paso 2

Añade ceros a los números para asegurarte de que todos tengan la misma cantidad de decimales, es decir, uno, dos o tres.

Ejemplo: 7,60 7,15 7,23 7,20 7,08

Paso 3

Compara todas las primeras cifras, las que están más a la izquierda, para ver cuál es mayor y ordénalos de menor a mayor.

Ejemplo: 7,60 7,15 7,23 7,20 7,08

Aquí todas son iguales (7), o sea que no tienes que reordenar.

Paso 4

Después, pasa a la siguiente columna hacia la derecha para ver qué número es mayor, y ordénalas de menor a mayor. Repítelo las veces que sea necesario.

Ejemplo: 7,60 7,15 7,23 7,20 7,08

7,08 7,15 7,23 7,20 7,60

Respuesta: 7,08 7,15 7,20 7,23 7,60

Comparar fracciones y decimales

Para comparar un decimal y una fracción, tienes que convertirlos (cambiarlos) de modo que todos sean decimales o todos fracciones.

Para convertir una fracción en un decimal, divide el numerador entre el denominador: $\frac{1}{4} = 1 \div 4 = 0{,}25$

Para convertir un decimal en una fracción, multiplícalo por 100 y escríbelo como numerador. Escribe 100 en el denominador. Entonces, puedes simplificar, si es necesario: $0{,}25 = \frac{25}{100} = \frac{1}{4}$

Ejemplo de conversión a decimales

Ordena esta lista $\frac{2}{8}$, 0,7, $\frac{2}{6}$, 0,36 de menor a mayor.

Cambia las fracciones: $\frac{2}{8} = 0{,}25$. $\frac{2}{6} = 0{,}33$

Como decimales: 0,25, 0,70, 0,33, 0,36

De menor a mayor: 0,25, 0,33, 0,36, 0,70

La respuesta es: $\frac{2}{8}$, $\frac{2}{6}$, 0,36, 0,7

Añade ceros para que cada número esté en la misma posición decimal.

En tu respuesta, usa los números del enunciado.

Ejemplo de conversión a fracciones

Ordena de menor a mayor: 0,25, $\frac{2}{4}$, $\frac{2}{5}$, 0,6, $\frac{2}{10}$

Convierte los decimales. Cambia las fracciones para que sean $\frac{}{100}$:

$0{,}25 = \frac{25}{100}$, $\frac{2}{4} = \frac{50}{100}$, $\frac{2}{5} = \frac{40}{100}$, $0{,}6 = \frac{60}{100}$, $\frac{2}{10} = \frac{20}{100}$

Como fracciones: $\frac{25}{100}$, $\frac{50}{100}$, $\frac{40}{100}$, $\frac{60}{100}$, $\frac{20}{100}$

De menor a mayor: $\frac{20}{100}$, $\frac{25}{100}$, $\frac{40}{100}$, $\frac{50}{100}$, $\frac{60}{100}$

La respuesta es: $\frac{2}{10}$, 0,25, $\frac{2}{5}$, $\frac{2}{4}$, 0,6

Encontrar porcentajes

Encontrar porcentajes es fácil si sabes cómo hacerlo. Puedes encontrar el 10% de un número usando el valor posicional.

Para **encontrar el 10 %**, tienes que dividir el número entre 10. Eso significa que en la cuadrícula del valor posicional cada cifra se vuelve 10 veces menor, así que tienes que moverla una columna a la derecha.

Ejemplo: ¿Cuál es el 10% de 147? Para encontrarlo, haz 147 ÷ 10 = 14,7.

	DM	UM	C	D	U	.	d	c	m
			1	4	7	.			
				1	4	.	7		

El 10 % de 147 = 14,7

Para **encontrar el 1 %**, usa el mismo método; simplemente, en lugar de dividir entre 10, divide entre 100.

Ejemplo: ¿Cuál es el 1% de 147?

Para resolverlo, haz 147 ÷ 100 = 1,47.

1% de 147 = 1,47.

CONSEJO NINJA:

Si no sabes cuántos lugares tienes que mover las cifras, fíjate en el número de ceros que hay en 10 o 100.

10 tiene un cero, o sea que tienes que mover una columna a la derecha.

100 tiene dos ceros, o sea que tienes que mover dos columnas a la derecha.

Para **encontrar el 2 %**, calcula el 1% y después multiplícalo por 2.

Ejemplo: ¿Cuál es el 2% de 147?

Para resolverlo, haz 147 ÷ 100 = 1,47 para encontrar el 1%.

Después, multiplica 1,47 por 2, que es 2,94.

2% de 147 = 2,94.

Encontrar porcentajes

Encontrar el 5 %

Para encontrar el 5%, calcula el 10% y luego divide el resultado por la mitad.

Ejemplo: ¿Cuál es el 5% de 120?

10% de 120 = 120 : 10 = 12

la mitad de 12 = 6, o sea que el 5% de 120 = 6

Encontrar porcentajes que son múltiplos de 10

Para encontrar un porcentaje que es un múltiplo de 10 (por ejemplo, 40%, 60% o 70%), primero calcula el 10% del número. Después, multiplica esa respuesta por el número de decenas del porcentaje. Ejemplo: hay 4 decenas en 40%, o sea que tienes que multiplicar la respuesta del 10% por 4 para dar con el 40%.

¿Cuál es el 20% de 470?

Primero calcula el 10% de 470.

470 ÷ 10 = 47

2 × 47 = 94 (cálculo más abajo)

20% de 470 = 94

$$\begin{array}{r} 47 \\ \times\quad 2 \\ \hline 94 \\ \hline 1 \end{array}$$

¿Cuál es el 80% de 320?

Primero calcula el 10% de 320.

320 ÷ 10 = 32

8 × 32 = 256

80% de 320 = 256

$$\begin{array}{r} 32 \\ \times\quad 8 \\ \hline 256 \\ \hline 21 \end{array}$$

Encontrar porcentajes

Primero, recuerda los porcentajes que puedes calcular fácilmente, como 10%, 5%, 1% y 2%. Puedes usar estos porcentajes para calcular cualquier otro multiplicando y sumando.

Ejemplo: ¿Cuál es el 46% de 230?

Para calcularlo, puedes descomponerlo para encontrar el 40%, el 5% y el 1% y luego sumar todos los resultados.

CONSEJO NINJA:

En cada uno de los pasos, asegúrate de que escribes las respuestas que vas obteniendo, porque las necesitarás en los últimos pasos.

Paso 1 Calcula el 10% y entonces multiplica ese valor por 4 para hallar el 40%:

El 10 % de 230 = 230 ÷ 10 = 23

23 × 4 = 92

$$\begin{array}{r} 2\ 3 \\ \times \quad 4 \\ \hline 9\ 2 \\ \hline 1\ \ \end{array}$$

Paso 2 Calcula el 5% dividiendo por la mitad la respuesta del 10%:

El 10 % de 230 = 23. 23 ÷ 2 = 11,5 El 5 % = 11,5

Paso 3 Calcula el 1% dividiendo el 10% entre 10:

El 10 % de 230 = 23. 23 ÷ 10 = 2,3 L'1 % = 2,3

Paso 4 Suma los valores del 5% y del 1% para obtener el 6%:

11,5 + 2,3 = 13,8

Paso 5 Suma los valores del 40% y del 6% para obtener el 46%:

92 + 13,8 = 105,8

Encontrar porcentajes: multiplicaciones largas

Encontrar porcentajes usando otros porcentajes (pág. 76) puede llegar a ser todo un reto, sobre todo por la cantidad de pasos que conlleva el proceso. La estrategia que describimos a continuación implica solo dos pasos. Es útil para calcular porcentajes complicados, como 83% o 67%.

Paso 1 Realiza una multiplicación larga (ver pág. 48).
Ejemplo: ¿cuál es el 46 % de 230?

$$\begin{array}{r} 2\,3\,0 \\ \times \quad 4\,6 \\ \hline 1\,3\,8\,0 \\ 9\,2\,0\,0 \\ \hline 1\,0\,5\,8\,0 \\ \hline \end{array}$$

CONSEJO NINJA:
Recuerda poner ceros en los huecos vacíos. Intenta colocarlos al principio, al escribir la pregunta del enunciado. Así no te olvidarás.

Paso 2 Divide la respuesta entre 100.

$$\begin{array}{r} 1\,0\,5\,8\,0 \\ \hline 1\,0\,5,8\,0 \\ \hline \end{array}$$

El 46 % de 230 = 105,80

5 Medidas

Medidas: conceptos básicos

Longitud

milímetro (mm) = una milésima parte de un metro
centímetro (cm) = una centésima parte de un metro
kilómetro (km) = mil metros

10 milímetros (mm) = 1 centímetro (cm)
100 centímetros (cm) = 1 metro (m)
1.000 metros (m) = 1 kilómetro (km)

Peso

gramo (g) = una milésima parte de un kilogramo
kilogramo (kg) = mil gramos
tonelada (t) = mil kilogramos

1 tonelada (t) = 1.000 kilogramos (kg)
1 kilogramo (kg) = 1.000 gramos (g)

Volumen

mililitro (ml) = una milésima parte de un litro
litro (l) = mil mililitros
kilolitro (kl) = mil litros

1 kilolitro (kl) = 1.000 litros (l)
1 litro (l) = 1.000 mililitros (ml)

Moneda: monedas y billetes

Moneda europea

1 cént. 2 cént. 5 cént. 10 cént.

20 cént. 50 cént. 1 € 2 €

5,00 € 10,00 €

20,00 € 50,00 €

El cambio es lo que recibes si existe una diferencia entre el precio de lo que estás comprando y el dinero que has pagado en efectivo. Para calcular el cambio que te tienen que devolver, solo tienes que restar el precio al dinero que has pagado.

Conversión de euros a céntimos:

Existen 100 cént. en 1 €, o sea que 1 € es igual a 100 cént. Céntrate en convertir primero los euros y luego sigue con los céntimos que tengas detrás de la coma decimal.

Por ejemplo: para convertir 9,47 €, piensa que 9 € equivalen a 900 céntimos, y después piensa en los 47 céntimos restantes. Así pues, tienes 947 cént.

CONSEJO NINJA:

En problemas en que se hable de dinero, puede que tengas cifras en céntimos y cifras en euros. Convierte los euros en céntimos para que te sea más sencillo calcular la respuesta. Por ejemplo: ¿Cuánto son 1,56 € + 79 cént.? Convierte 1,56 € en 156 cént. Ahora puedes sumar: 156 + 79 cént. = 235 cént. A continuación, vuelve a convertir en euros, si es necesario: 2,35 €.

Tiempo: conceptos básicos

Vocabulario sobre el tiempo

milisegundo
segundo
minuto
hora
día
semana
quincena
mes
año
década
siglo
milenio

Tiempo

1.000 años = milenio
100 años = siglo
10 años = decada
1 año = 12 meses
1 año = 52 semanas
1 año = 365 días
1 quincena = 14 días
1 quincena = 2 semanas
1 semana = 7 días
1 día = 24 horas
1 hora = 60 minutos
1 minuto = 60 segundos
medio minuto = 30 segundos

Días de la semana

lunes
martes
miércoles
jueves
viernes
sábado
domingo

Meses del año (y cuántos días duran)

enero (31 días)
febrero (28 días o 29, en un año bisiesto)
marzo (31 días)
abril (30 días)
mayo (31 días)
junio (30 días)
julio (31 días)
agosto (31 días)
septiembre (30 días)
octubre (31 días)
noviembre (30 días)
diciembre (31 días)

Decir la hora

Identifica las agujas del reloj. La aguja de las horas es la más corta. La de los minutos, la más larga. Algunos relojes tienen también manecilla para los segundos: es larga y fina, y puedes ver cómo se mueve. Los números (y las líneas más largas) hacen referencia a las horas. El resto de las líneas se refieren a los minutos y segundos.

En punto La hora en punto significa que la aguja de los minutos señala el 12: han pasado cero minutos de la hora. La aguja de las horas está señalando exactamente el número de la hora. Las 24 horas de un día se dividen en dos partes de 12 horas.

Y media Cuando son y media significa que la aguja de los minutos señala el 6: han pasado treinta minutos. La aguja de los minutos está en la mitad de la esfera del reloj. Después de que la manecilla de los minutos pase la hora y media, empezamos a hablar de «menos» en lugar de «y», porque faltan unos minutos para la hora siguiente.

Y cuarto / menos cuarto 15 minutos es una cuarta parte de 60, así que «y cuarto» significa que han pasado 15 minutos de la hora (la aguja de los minutos señala al 3) y «menos cuarto» significa que faltan 15 minutos para la hora siguiente (la manecilla de los minutos señala el 9).

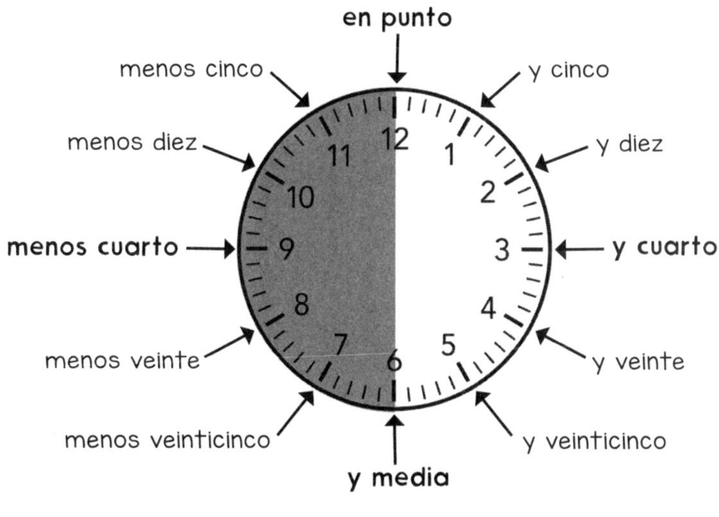

Decir la hora

El día tiene 24 horas, pero a menudo lo partimos en dos mitades, antes y después de las 12 del mediodía. Así pues, cuando hablamos de las 10 de la mañana, es antes de las 12 del mediodía, y cuando hablamos de las 10 de la noche, es después de las 12 del mediodía. Un reloj de 12 horas vuelve a empezar después del mediodía. En un reloj de 24 horas se sigue contando a partir de las 12 del mediodía, o sea que la 1 de la tarde son las 13 horas.

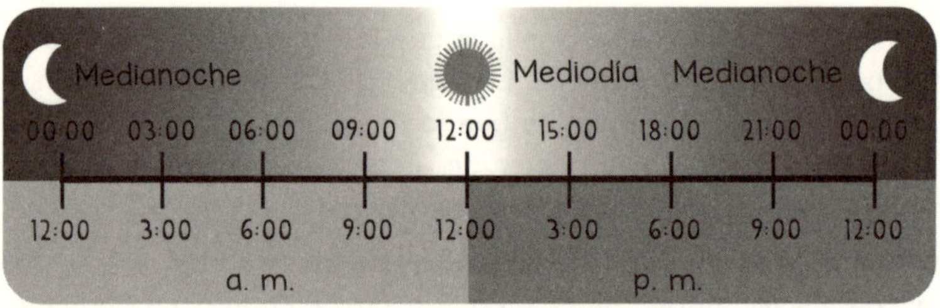

Los **relojes analógicos** usan las agujas para señalar las líneas y los números en la esfera del reloj. Los **relojes digitales** usan solo números, como los teléfonos o los ordenadores. Los relojes digitales suelen usar el sistema de 24 horas.

CONSEJO NINJA:

Si multiplicas el número de la hora por cinco en un reloj analógico, tendrás el número de minutos.

Usar una regla para medir

Las reglas se usan para medir distancias o longitudes en milímetros (mm) y centímetros (cm). En 1 cm hay 10 mm. Las reglas son muy útiles, pero es importante utilizarlas bien.

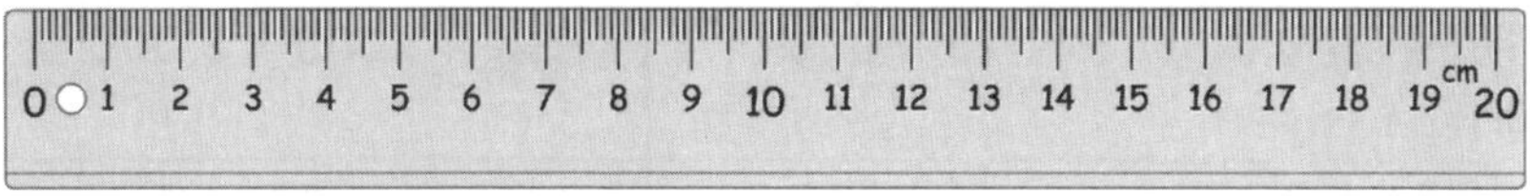

En la regla, los centímetros se muestran con números y una línea más larga que las que tiene al lado. Por cada cm, hay 10 mm (milímetros), que se muestran con líneas más cortas. A medio camino entre dos centímetros, hay una línea ligeramente más larga. Indica la mitad de un cm, es decir, 5 mm.

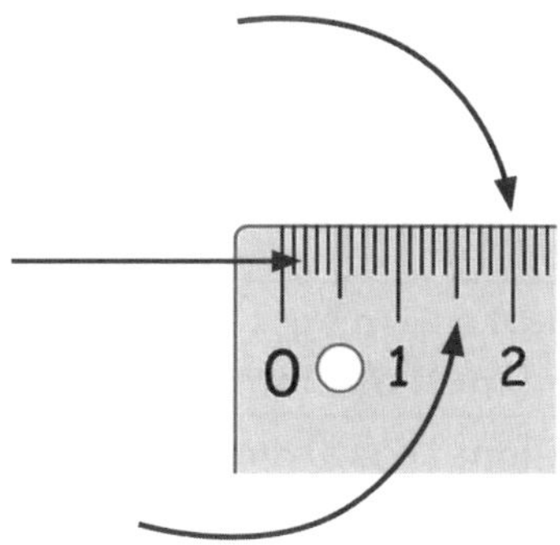

Para medir bien con una regla, es muy importante que ajustes el 0 de la regla para que quede alineado con el extremo que tengas que medir.

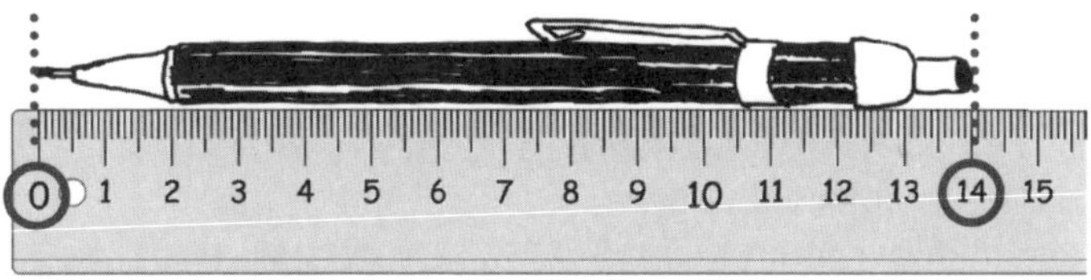

Longitud: conversión

Es importante ser capaz de convertir entre unidades de longitud. Lo que tenemos que hacer es pensar en el valor posicional y cómo multiplicamos y dividimos entre 10, 100 y 1.000. ¡Así de fácil!

Conversión	**Qué hacer**	**Ejemplo**
kilómetros (km) a metros (m)	x 1.000	6 km x 1.000 = 6.000 m
metros (m) a kilómetros (km)	÷ 1.000	5.000 m ÷ 1.000 = 5 km
metros (m) a centímetros (cm)	x 100	15 m x 100 = 1.500 cm
centímetros (cm) a metros (m)	÷ 100	670 cm ÷ 100 = 6,7 m
metros (m) a milímetros (mm)	x 1.000	9 m x 1,000 = 9.000 mm
milímetros (mm) a metros (m)	÷ 1.000	1.400 mm ÷ 1.000 = 1,4 m
centímetros (cm) a milímetros (cm)	x 10	17 cm x 10 = 170 mm
milímetros (mm) a centímetros (cm)	÷ 10	420 mm ÷ 10 = 42 cm

CONSEJO NINJA:

Recuerda: los problemas de matemáticas sobre longitudes suelen dar un número en kilómetros (km) y otro en metros (m). Siempre tienes que convertirlos para operar con la misma unidad de medida.

Masa: medición

Los kilogramos (kg) y los gramos (g) se usan para medir la masa de algo, concepto al que podemos referirnos como «cuánto pesa algo» o «su peso».
Recuerda: 1.000 gramos = 1 kilogramo.

Concepto ninja

Una báscula es una herramienta habitual para medir el peso de las cosas. Se colocan los objetos en la báscula y la aguja se mueve para mostrar lo que pesan.

Algunas básculas solo pesan cantidades en gramos. Se muestran fracciones como 50, 100, 150, etc. Es importante saber cuánto valen las unidades menores que hay entre estas franjas. Si miras la franja 0-50 e intentas contar en decenas, podrás ver que la unidad menor equivale a 10 gramos.

g = gramos

Otras básculas muestran los valores en kilogramos, con diez unidades menores entre cada kilogramo. Como hay 1.000 gramos en un kilogramo, cada una de esas líneas más cortas representa 100 gramos.

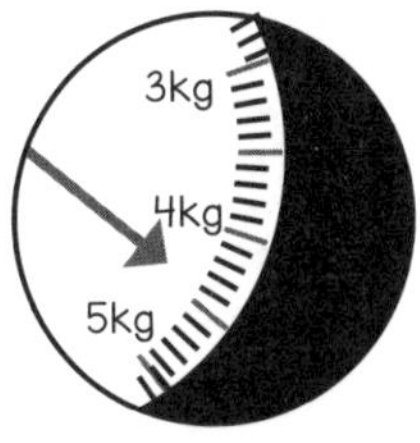

kg = kilogramos

CONSEJO NINJA:

La medida que se muestra en una báscula puede ser diferente. Así pues, es importante operar con unidades que tengan el mismo valor. De este modo daremos medidas exactas.

Masa: conversión

Es importante ser capaz de convertir unidades de masa. Lo único que tienes que hacer es pensar en el valor posicional y recordar multiplicar y dividir entre 10, 100 y 1.000. ¿Verdad que es fácil?

Para convertir kilogramos (kg) en gramos (g): multiplica por 1.000.
Por ejemplo, 6 kg × 1.000 = 6.000 g.

Para convertir gramos (g) en kilogramos (kg): divide entre 1.000.
Por ejemplo, 5.000 g ÷ 1.000 = 5 kg.

CONSEJO NINJA:

Recuerda: en algunos problemas matemáticos sobre masa te darán un número en kilogramos (kg) y otro en gramos (g). Tienes que convertirlos siempre para poder operar con la misma unidad de medida.

Por ejemplo: ¿Cuánto son 4,3 kg menos 670 g?
Convierte los 4,3 kg en gramos: 4,3 kg × 1.000 = 4.300 g.
Ahora es mucho más sencillo hacer la resta: 4.300 g - 670 g.

Volumen y capacidad: medición

El volumen es la cantidad de espacio que ocupa un objeto. La capacidad es la medida de la propiedad de un objeto para contener una sustancia, como un sólido, un líquido o un gas.

El volumen y la capacidad se miden en litros (l), mililitros (ml) y a veces en centilitros (cl).

Concepto ninja
Las probetas y los vasos de precipitación se suelen usar para medir la cantidad de líquido que tenemos.

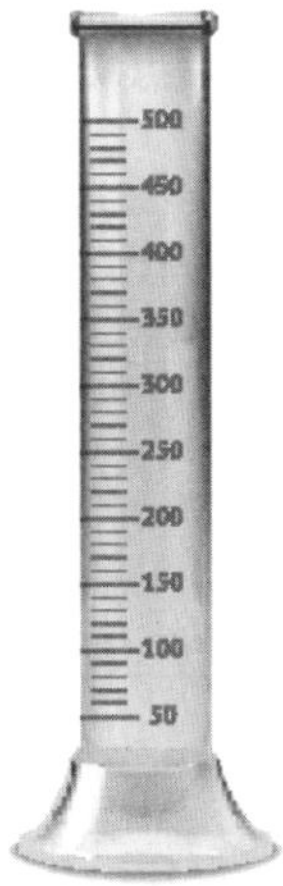

probeta

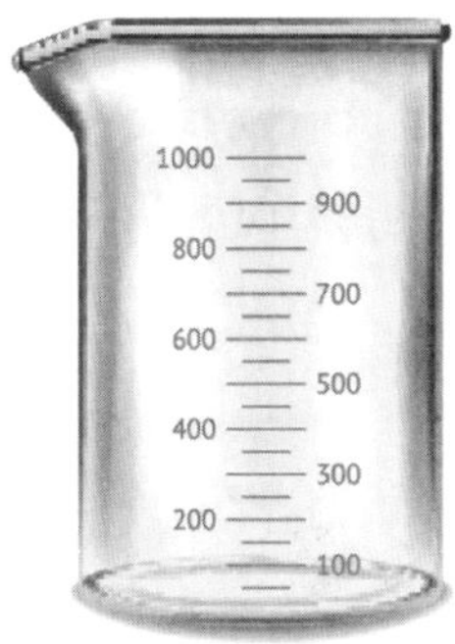

vaso de precipitación

1 litro = 1.000 ml. Las gradaciones de los vasos de precipitación y de las probetas varían: pueden ir aumentando en franjas de 50 ml, 100 ml, 150 ml, etc. Recuerda calcular el valor de las unidades menores que tienes entre ellas.

Volumen y capacidad: conversión

Es importante ser capaz de convertir unidades de volumen o capacidad. Lo único que tienes que hacer es pensar en el valor posicional y recordar cómo se multiplica y divide entre 10, 100 y 1.000. ¡Superfácil!

Para convertir litros (l) en mililitros (ml): multiplica por 1.000. Por ejemplo, 4 l × 1.000 = 4.000 ml.

Para convertir mililitros (ml) en litros (l): divide entre 1.000. Por ejemplo, 9.000 ml ÷ 1.000 = 9 l.

CONSEJO NINJA:

En algunos problemas de matemáticas sobre volumen te darán un número en litros (l) y otro en mililitros (ml). Tienes que convertirlos siempre para poder operar con la misma unidad de medida.

Por ejemplo: ¿Cuánto son 8,2 l menos 560 ml? Convierte los 8,2 l en ml: 8,2 × 1.000 = 8.200 ml. Ahora es mucho más sencillo hacer la resta: 8.200 ml - 560 ml.

6 Geometría

Figuras 2D

2D significa dos dimensiones. Las figuras 2D son planas. Las figuras 2D tienen dos dimensiones: alto y ancho.

Algunas figuras 2D son **regulares**, es decir, todos los lados tienen la misma longitud y los ángulos interiores son iguales.

Algunas figuras 2D son **irregulares**, es decir, los lados tienen longitudes distintas y los ángulos interiores son diferentes.

Los **polígonos** son planos, figuras en dos dimensiones con lados rectos unidos. Aquí tienes algunos ejemplos.

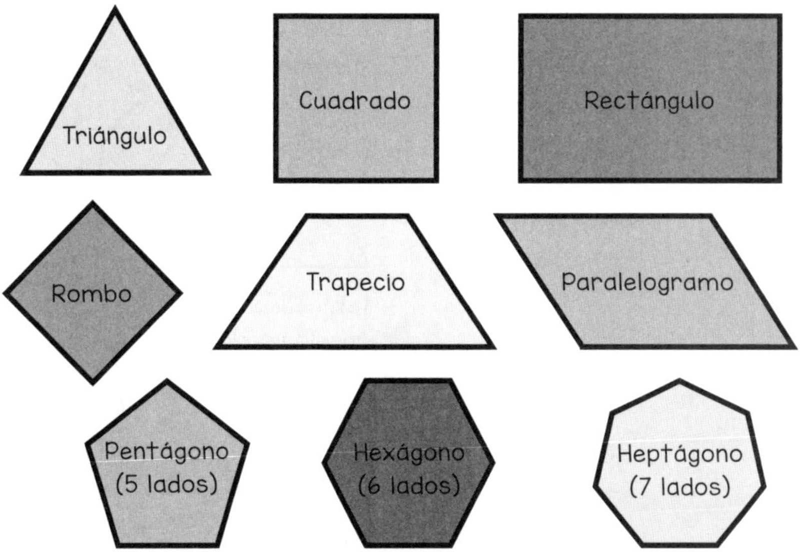

Figuras 3D

3D significa tres dimensiones.

Las figuras 3D tienen tres dimensiones: alto, largo y ancho.

Las figuras 3D tienen vértices, caras y aristas.

Un **vértice** es una esquina. El plural (más de uno) es vértices.

Una **cara** es una única superficie plana.

Una **arista** es una línea entre caras.

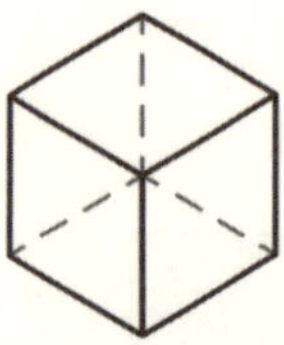

Cubo

Esfera

Prisma hexagonal

Cono

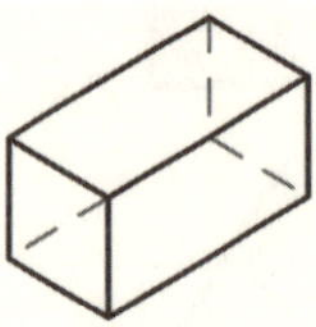

Cuboide

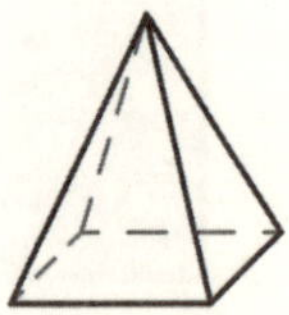

Pirámide con la base cuadrada

Tetraedro (triángulo con la base en forma de pirámide)

Cilindro

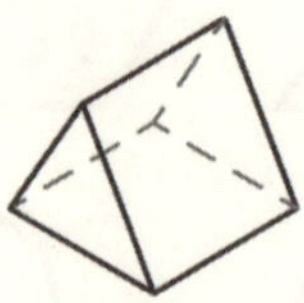

Prisma triangular

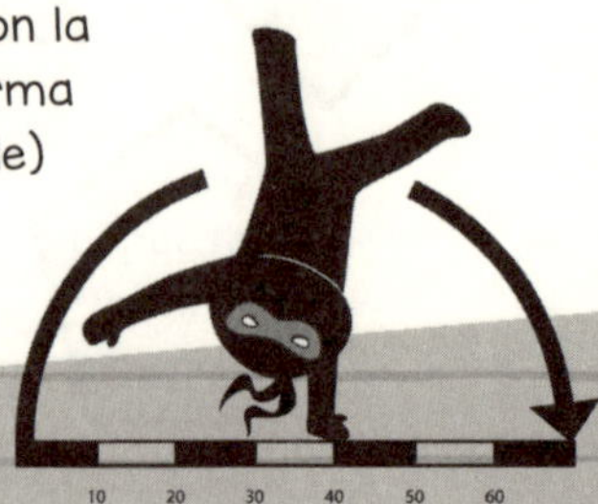

Calcular el perímetro

El **perímetro** es la distancia entre los lados de una figura 2D. Para calcular el perímetro, solo tenemos que sumar la longitud de cada lado.

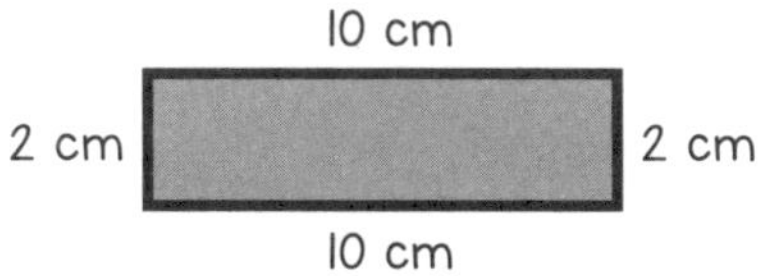

2 cm + 2 cm + 10 cm + 10 cm = 24 cm.
Perímetro = 24 cm.

En problemas más complejos, te pedirán que calcules el perímetro de figuras compuestas (pág. 94). Para calcular el perímetro de las figuras también tienes que sumar las longitudes de todos los lados.

9 m + 8 m + 3 m + 3 m + 5 m + 4 m = 32 m. Perímetro = 32 m.

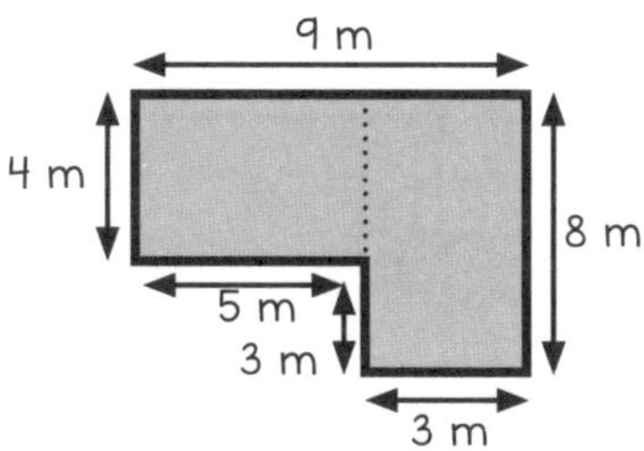

CONSEJO NINJA:

Sea cual sea la figura que tengas, el perímetro es simplemente la suma del valor de la longitud de cada lado.

Perímetro: valores que faltan

Calcular el perímetro es más difícil cuando falta alguna de las longitudes de los lados. Para encontrar el valor de los lados que faltan, tienes que fijarte en las longitudes dadas en la forma.

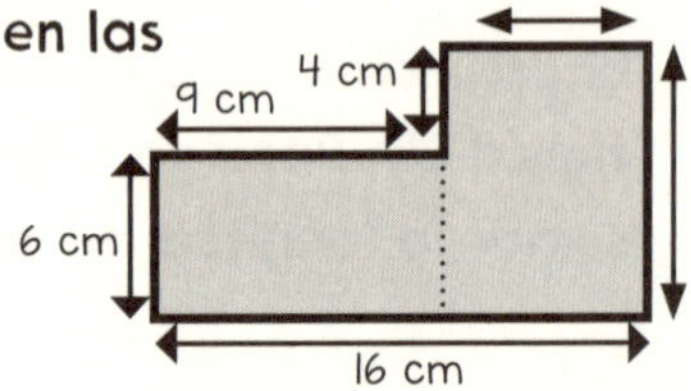

Paso 1 **Busca qué distancias faltan y cuáles te han dado.**

Paso 2 **Empieza por los lados horizontales.**

La mayor longitud horizontal es 16 cm. Eso significa que el valor que le sumes a 9 cm debe ser igual a 16 cm: 16 cm = 9 cm + ?. La longitud que falta tiene que ser 7 cm.

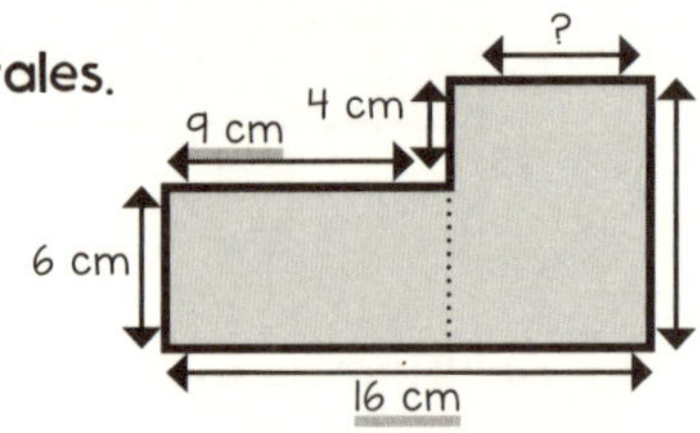

Paso 3 **Ahora, fíjate en los lados verticales.**

La longitud del lado más largo sigue faltando. Para calcularlo, puedes sumar 6 cm y 4 cm: 6 cm + 4 cm = 10 cm.

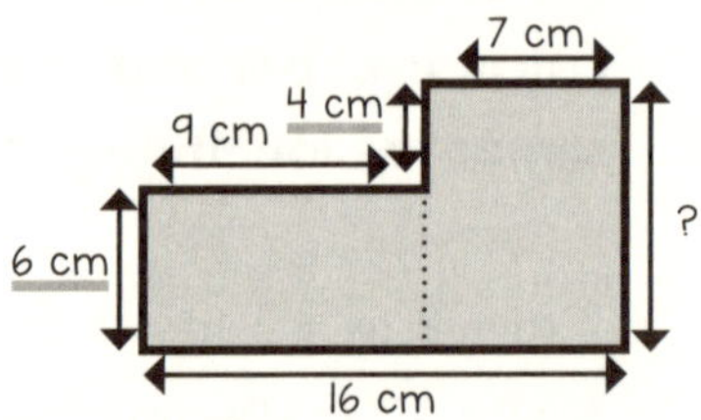

Paso 4 **Ahora suma todas las longitudes.**

El perímetro de esta forma es:
7 cm + 10 cm + 16 cm + 6 cm +
9 cm + 4 cm = 52 cm.

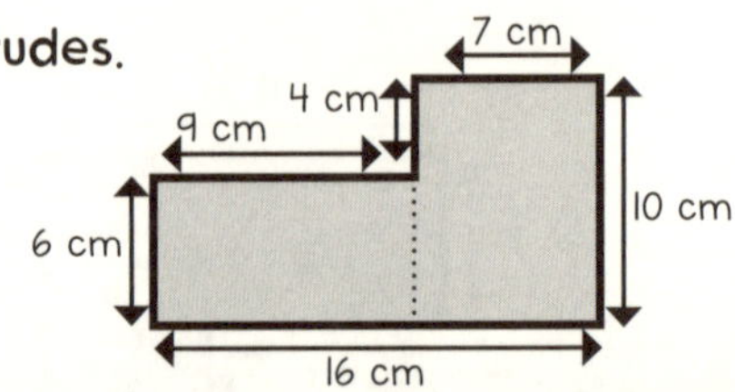

CONSEJO NINJA:

A menos que el problema te diga que utilices una regla, tienes que usar las longitudes de los otros lados para calcular los valores que falten, no una regla; las longitudes podrían no ser exactas ni estar a escala.

Área de un rectángulo / paralelogramo

El **área** es la cantidad de espacio que hay dentro del perímetro de una figura 2D. Para calcular el área de un rectángulo o paralelogramo, solo tienes que seguir unas fórmulas sencillas.

Concepto ninja

largo (l) × ancho (h) = área de un rectángulo o paralelogramo

Ejemplo de rectángulo:

largo de 5 cm × ancho de 10 cm = área de 50 cm²

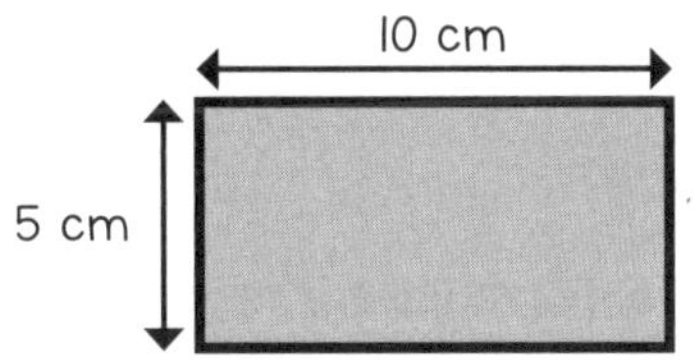

Para calcular el área de un paralelogramo tienes que multiplicar la base por la altura.

Ejemplo de paralelogramo:

8 m x 3 m = 24 m²

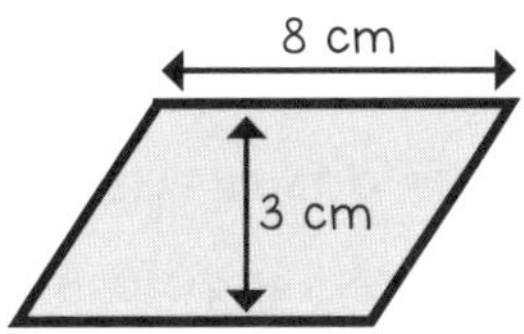

Concepto ninja

El área se mide en cm², m² o km².

CONSEJO NINJA:

Los problemas matemáticos sobre áreas no suelen ser a escala; es decir, puede que te digan que un lado mide 10 cm, pero es tan solo una etiqueta, no son 10 cm reales. Así que no uses una regla en este tipo de problemas.

Área de una forma compuesta

Una forma **compuesta** es una que está formada por varias figuras. Para calcular el área de una forma compuesta, la dividimos en partes más pequeñas.

Paso 1

Para calcular el área de esta forma, divídela en dos rectángulos. Márcalos como A y B.

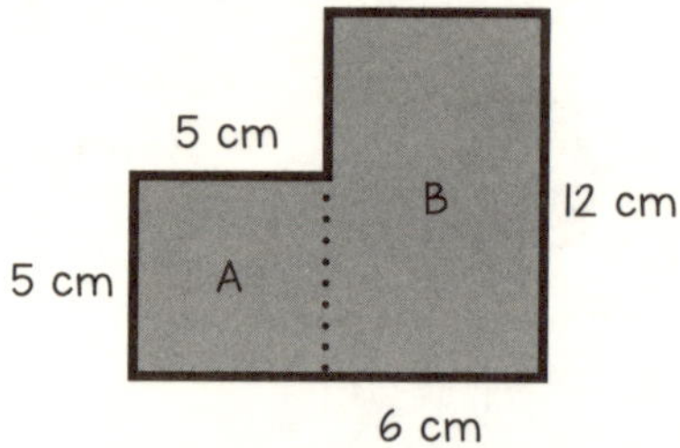

Paso 2

Usa la fórmula de largo x ancho para encontrar el área de cada rectángulo.

Rectángulo A: largo de 5 cm × ancho de 5 cm = área de 25 cm^2

Rectángulo B: largo de 12 cm × ancho de 6 cm = área de 72 cm^2

Paso 3

Suma las dos áreas para obtener el área total.

Área del rectángulo A de 25 cm^2 + área del rectángulo B de 72 cm^2 = área total de 97 cm^2

CONSEJO NINJA:

En algún caso, puede que tengas que dividir algunas formas en 3 o 4 rectángulos más pequeños para calcular el área. Pero hay que aplicar la misma estrategia: calcular el área de cada rectángulo menor y luego sumar las áreas de cada uno de los rectángulos.

Área de un triángulo

Para calcular el área de un triángulo, tienes que multiplicar el ancho (la base) por la altura perpendicular (en ángulo recto / 90°) del triángulo, y luego dividir el total por la mitad. Es como calcular el área de un rectángulo y, después, dividirla por la mitad.

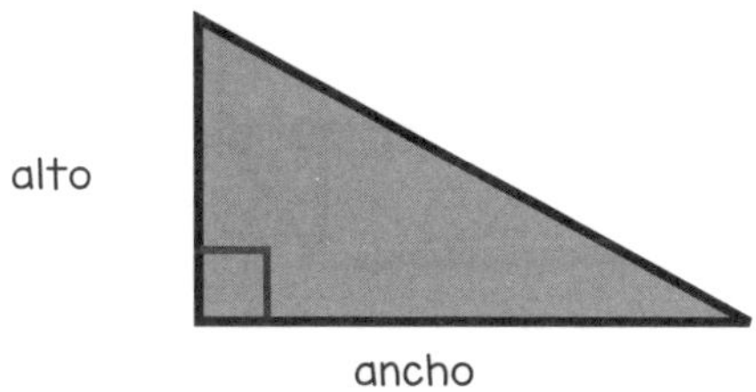

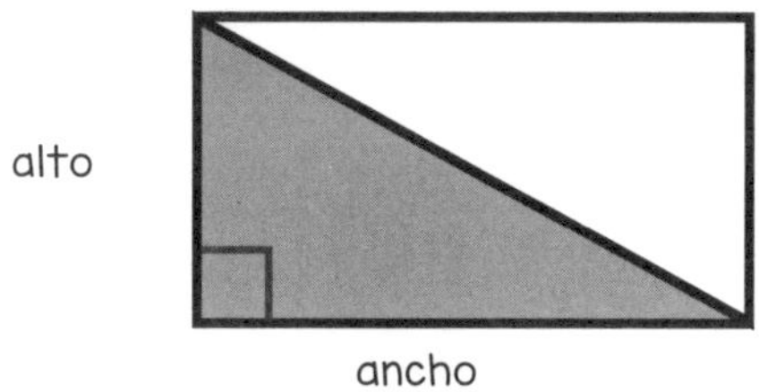

Concepto ninja

área de un triángulo = alto × ancho ÷ 2 (mitad)

Ejemplo 1

8 cm x 4 cm = 32 cm²

32 ÷ 2 = 16 cm²

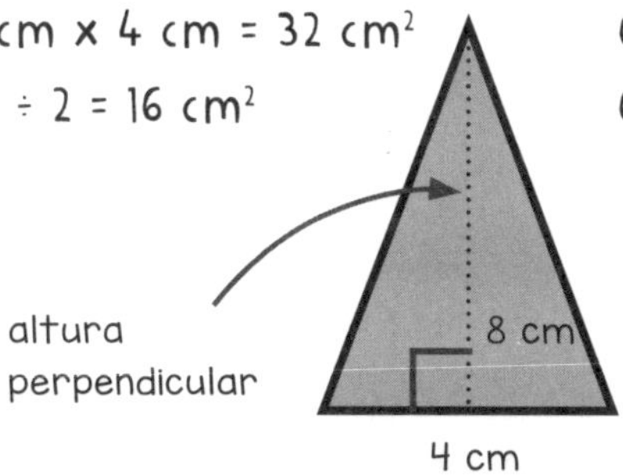

Ejemplo 2

6 cm x 10 cm = 60 cm²

60 ÷ 2 = 30 cm²

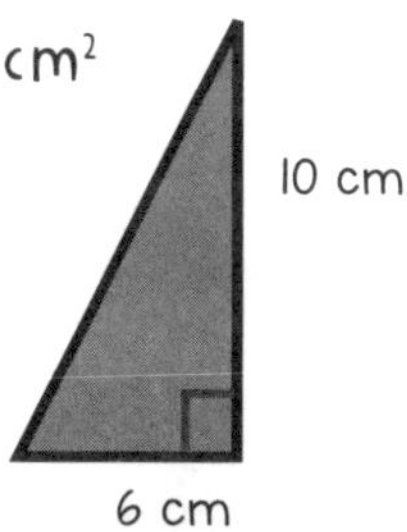

Volumen de un cuboide

El volumen de un cuboide en 3D es el cálculo del espacio que esa forma ocupa. El volumen se mide en unidades cúbicas (3), por ejemplo, 36 m^3, 2,6 m^3, 57 cm^3.

Concepto ninja

Para calcular el volumen de un cuboide, solo tienes que seguir la siguiente fórmula sencilla:

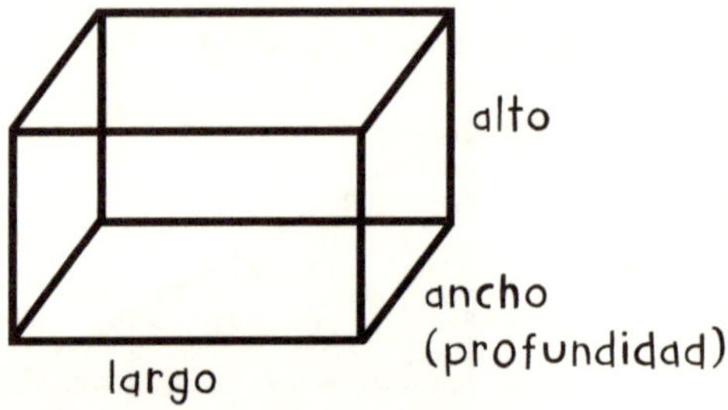

largo × ancho × alto = volumen de un cuboide

Ejemplo 1

12 cm x 5 cm x 4 cm = 240 cm^3

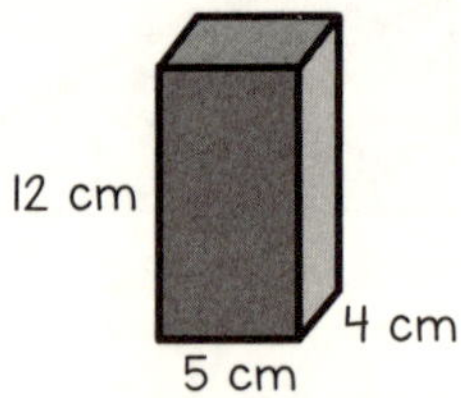

Ejemplo 2

8 cm x 3 cm x 2 cm = 48 cm^3

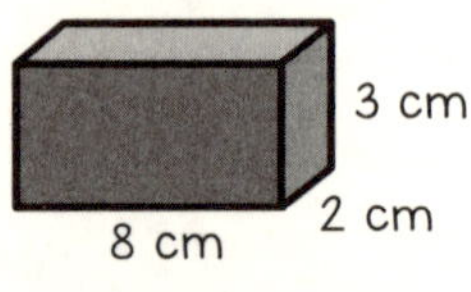

CONSEJO NINJA:

Puedes calcular el volumen en cualquier orden: L × W × H, W × L × H, H × L × W; sea como sea que lo calcules, la respuesta será la misma.

Ángulos: recto y agudo

Un **ángulo recto** un ángulo exactamente igual a 90 grados. En nuestra vida diaria podemos ver numerosos ejemplos de ángulos rectos, como la esquina de una mesa o la esquina de este libro.

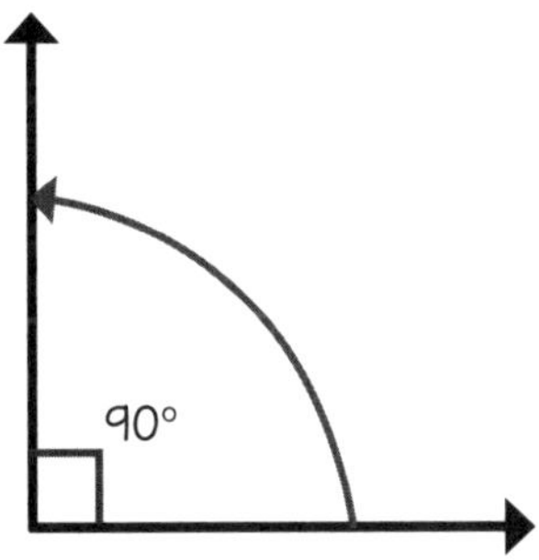

Los ángulos rectos suelen mostrarse con un cuadradito en la esquina de una forma. Si lo ves, el ángulo es de 90 grados.

Los cuadrados y los rectángulos contienen cuatro ángulos rectos.

Un **ángulo agudo** mide menos de 90 grados.

Una forma sencilla de recordar que un ángulo agudo es más pequeño es pensar en la A, la primera letra del abecedario, como la más pequeña.

Ángulos: obtuso, llano, cóncavo

Un **ángulo obtuso** es un ángulo que mide más de 90 grados y menos de 180 grados.

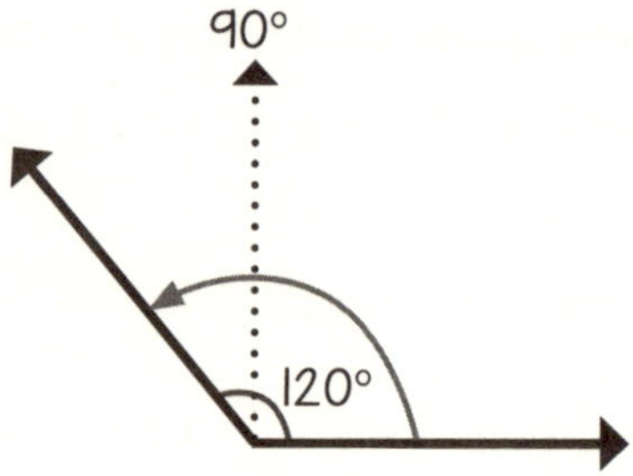

Un **ángulo llano** es un ángulo que mide 180 grados.

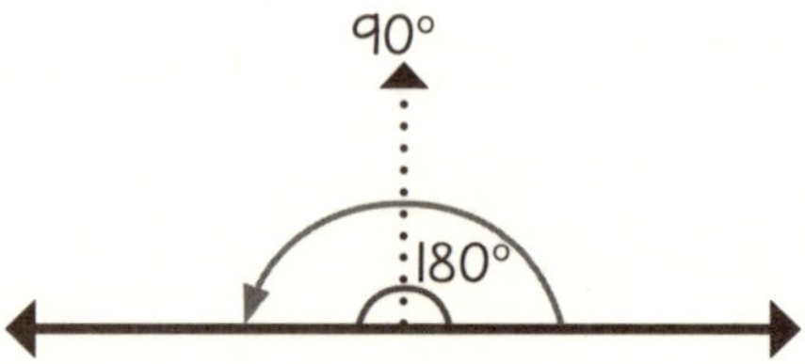

Un **ángulo cóncavo** es un ángulo mayor, siempre mide más de 180° (la mitad de un círculo), pero menos de 360° (un círculo entero).

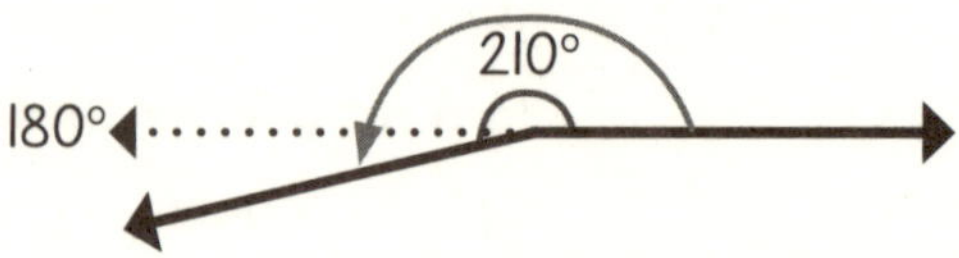

Ángulos: usar un transportador

Un **transportador** sirve para medir ángulos.

Paso 1 Asegúrate de que el punto central del transportador esté en el vértice (el punto donde se unen las dos líneas del ángulo).

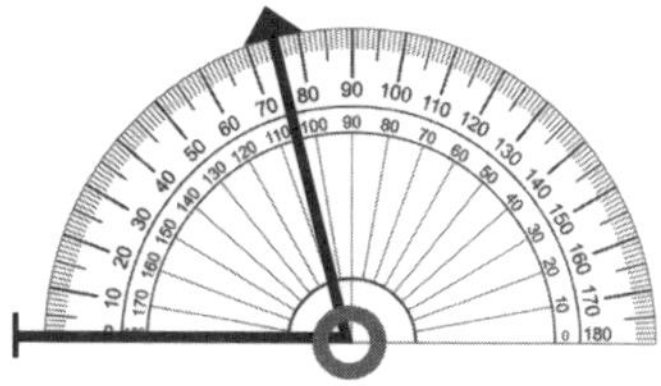

Paso 2 Mantén el punto central en el vértice y alinea el cero del transportador con uno de los lados del ángulo.

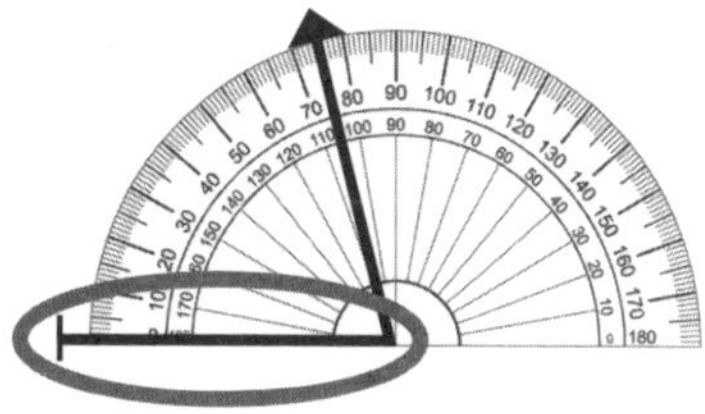

Paso 3 Lee desde el cero hasta el otro lado del ángulo.

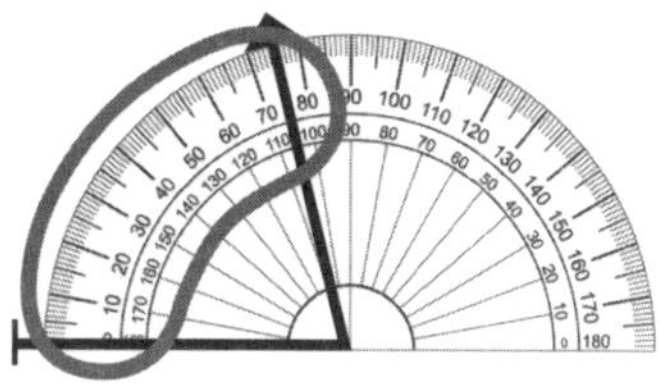

Paso 4 Lee con atención el valor del transportador para hallar el valor exacto.

CONSEJO NINJA:

Intenta rotar el ángulo que tengas que medir sobre el papel para que uno de los lados quede delante de ti, en horizontal.

CONSEJO NINJA:

Si los lados de un ángulo son cortos y es difícil medirlo, usa una regla para alargar el lado más allá del borde del transportador.

Tipos de triángulos

Concepto ninja

Los ángulos de un triángulo siempre suman 180°.

Un **triángulo equilátero** es un triángulo que tiene lados de la misma longitud y tres ángulos internos que son iguales. Estos tres ángulos internos de un triángulo equilátero siempre serán de 60°, ya que en total suman 180°.

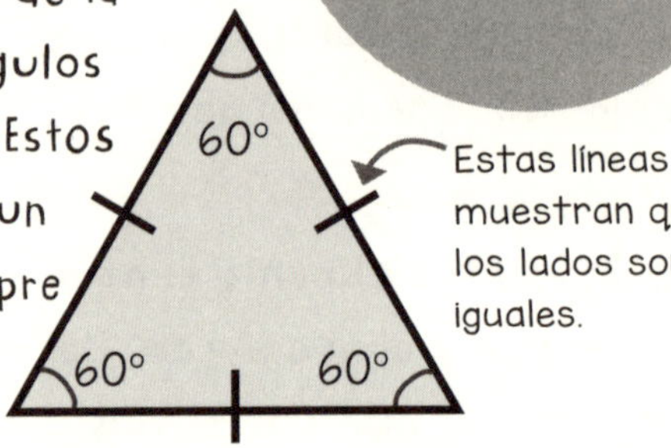

Un **triángulo rectángulo** es un triángulo que tiene un ángulo de 90 grados, un ángulo recto.

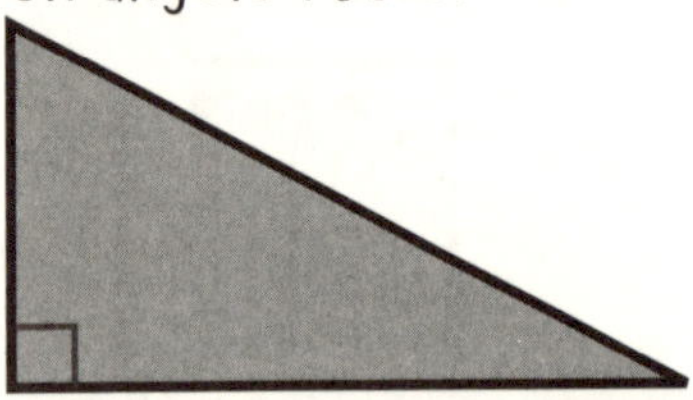

Un **triángulo isósceles** es un triángulo que tienen dos lados igual de largos y que contiene dos ángulos iguales.

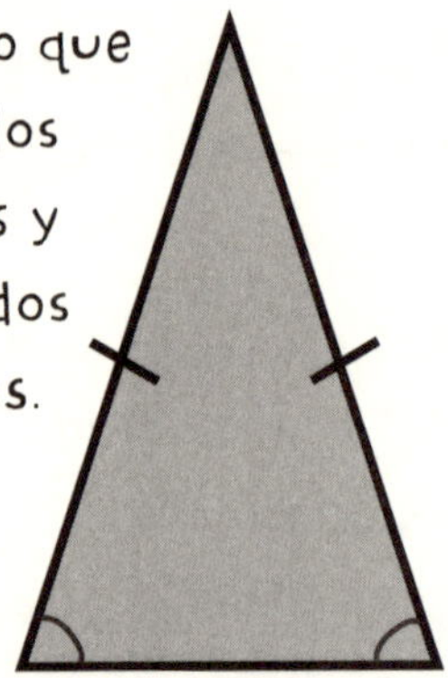

CONSEJO NINJA:

Las líneas marcadas sobre los lados de los triángulos superiores nos indican que esos lados son igual de largos.

Rectas: paralelas, perpendiculares, secantes

Las **rectas paralelas** son rectas que están a la misma distancia la una de la otra a lo largo de toda una distancia.

Las **rectas perpendiculares** son rectas que se encuentran en un ángulo recto (90°).

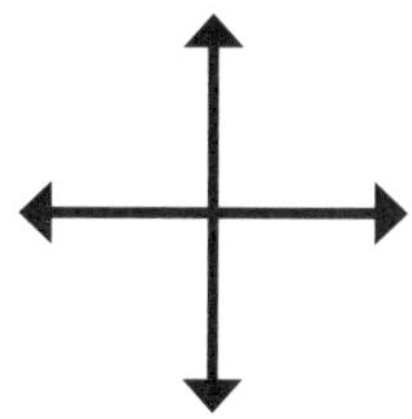

Las **rectas secantes** son rectas que se cruzan. El punto en el que las rectas se cruzan se llama «punto de intersección».

CONSEJO NINJA:

Calcular los ángulos que están alrededor de las rectas secantes es fácil si recuerdas que hay 360° alrededor del punto de intersección. Los ángulos llanos (180°) se pueden calcular fácilmente restándole a 180 los ángulos que sabemos. Consulta la pág. 102.

Calcular los ángulos que faltan

Si usas todo lo que sabes sobre las propiedades de las formas y de los ángulos, entonces encontrar los ángulos que faltan es pan comido.

Ángulos que faltan en un triángulo:

Primero, recuerda que los ángulos de un triangulo suman 180°. Resta los ángulos que conoces a 180° para dar con el que falta.

Ejemplo: 52 + 68 = 120
180 - 120 = 60
d = 60°

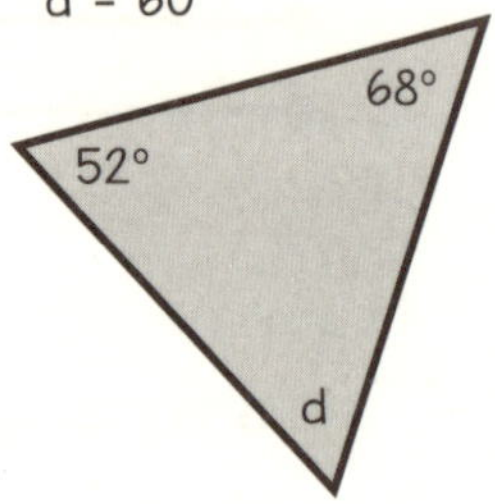

CONSEJO NINJA:

Los ángulos que faltan son fáciles de calcular en los triángulos isósceles porque ya sabes que tienen dos ángulos iguales.

Ángulos que faltan en una vuelta completa:

Primero, recuerda que una vuelta completa tiene 360°.
Suma los ángulos que conoces y luego réstale ese valor a 360° para hallar el ángulo que falta.

Ejemplo: 130 + 90 = 220
360 - 220 = 140
x = 140°

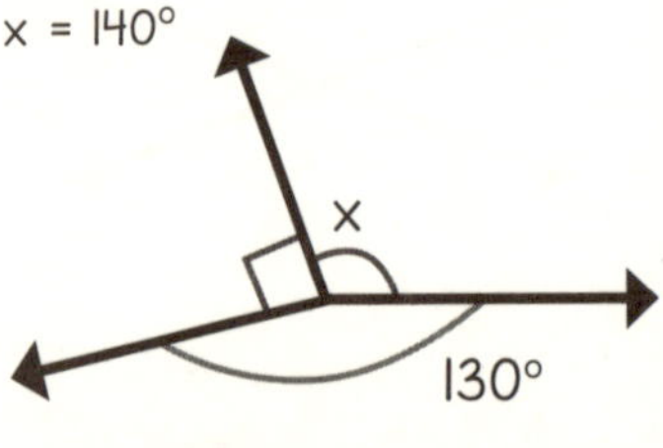

CONSEJO NINJA:

Intenta identificar otros símbolos que indiquen un tipo de ángulo concreto, como el cuadradito para el ángulo recto (90°).

Ángulos que faltan en una recta:

Primero, recuerda que una recta tiene 180°. Resta los ángulos conocidos a 180 y encontrarás el ángulo que te falta.

Ejemplo: 180 - 142 = 38
x = 38°

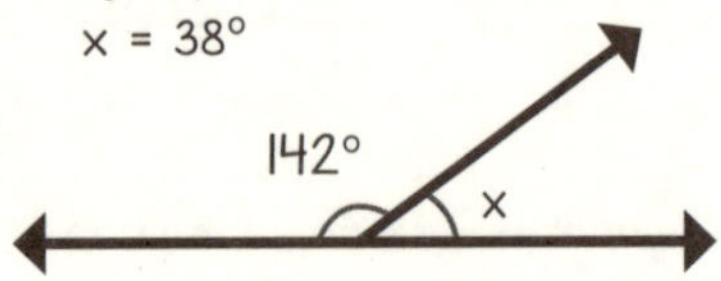

Eje de simetría

Cuando algo es **simétrico**, tiene dos mitades que encajan. Puedes comprobar la simetría de una forma dibujando una línea imaginaria en el centro y fijándote si ambas mitades son idénticas. En el mundo real, estamos rodeados de simetría por todas partes.

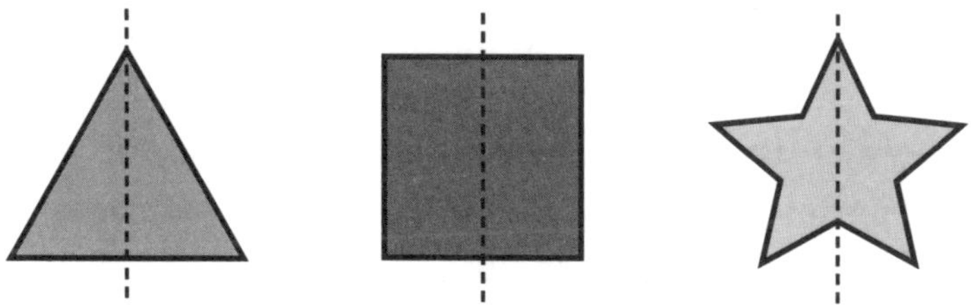

En simetría, la línea de puntos del centro suele representar un espejo y cómo se podría reflejar la imagen para ser simétrica.

Llamamos **reflexión** al proceso de cambiar la posición de una forma como si se reflejara en un espejo. La forma en sí misma no cambia. Primero, tienes que identificar las esquinas de la forma que va a reflejar. Y una a una, tienes que contar el espacio que hay entre el eje de simetría y cada esquina. Después, cuenta desde el eje de simetría la misma cantidad de espacios en el lado del reflejo y marca la posición reflejada. Luego, tienes que unir las esquinas.

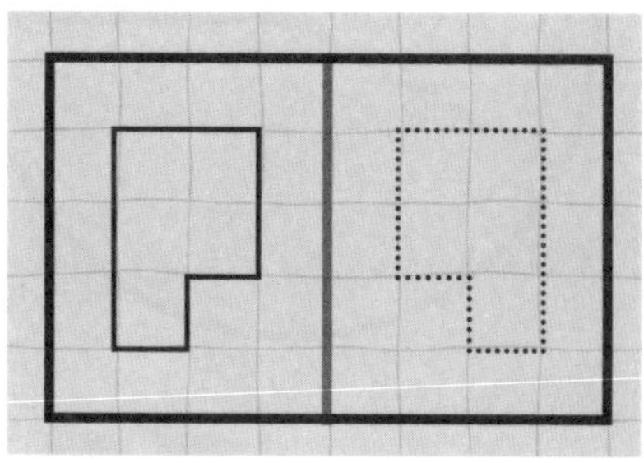

Círculos: diámetro, radio y circunferencia

El **radio** es la distancia desde el centro de un círculo hacia el exterior. Puedes calcularlo si sabes el diámetro: solo tienes que dividir por la mitad el diámetro.

El **diámetro** cruza en línea recta el círculo, pasando por el centro. Puedes calcular el diámetro si sabes el radio: solo tienes que multiplicarlo por dos.

La **circunferencia** es la distancia alrededor del círculo.

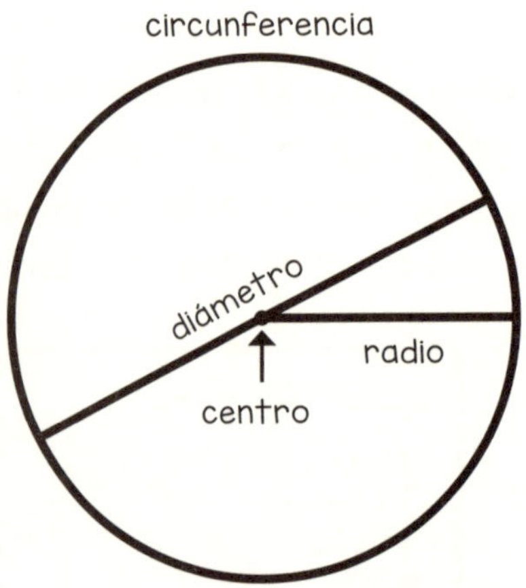

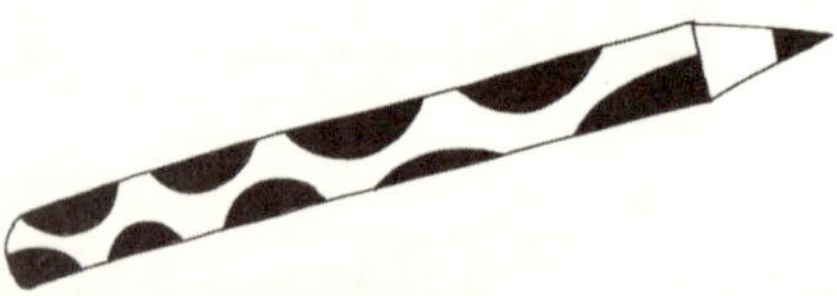

CONSEJO NINJA:

Los problemas de matemáticas suelen usar círculos en gráficos circulares, en forma de pastel, y en preguntas sobre ángulos. Intenta recordar que un círculo es, esencialmente, una vuelta entera de 360°.

Giros y rotación

Cuando pienses en giros, recuerda lo que sabes sobre las fracciones, mitades y cuartas partes, así como los ángulos de 360°, 180° y 90°.

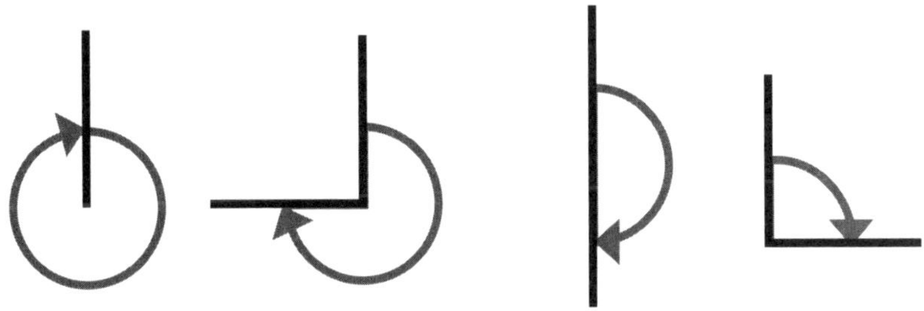

1 vuelta equivale a 360°.

$\frac{3}{4}$ vuelta equivale a 270°.

$\frac{1}{2}$ vuelta equivale a 180°.

$\frac{1}{4}$ vuelta equivale a 90°.

Girar en el **sentido de las agujas del reloj** significa en la dirección en que giran las manecillas del reloj para marcar el paso del tiempo.

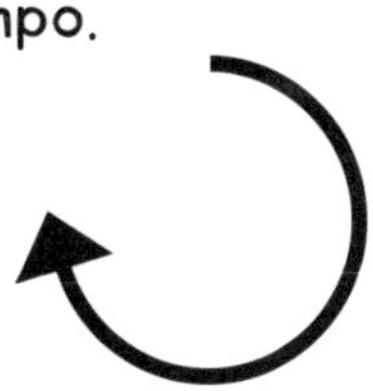

Girar en **sentido contrario a las agujas del reloj** significa hacerlo en la dirección opuesta a la que giran las manecillas del reloj para marcar el paso del tiempo.

Coordenadas

Un gráfico tiene dos ejes, llamados eje x y eje y. El **eje x** va de izquierda a derecha: es horizontal. El **eje y** va de arriba abajo: es vertical.

Las **coordenadas** marcan dónde se sitúa un punto en un gráfico, usando números entre paréntesis (**x**, **y**), por ejemplo (1,3). Se utilizan para dibujar o situar un punto en el gráfico. El primer número, el número **x**, está en el eje **x** y en la posición horizontal. El segundo, el número **y**, está en la posición vertical.

Para dibujar en las coordenadas, primero puedes contar horizontalmente a lo largo del eje **x** a partir del cero, y luego desde esa posición contamos en vertical, siguiendo los números en el eje **y**.

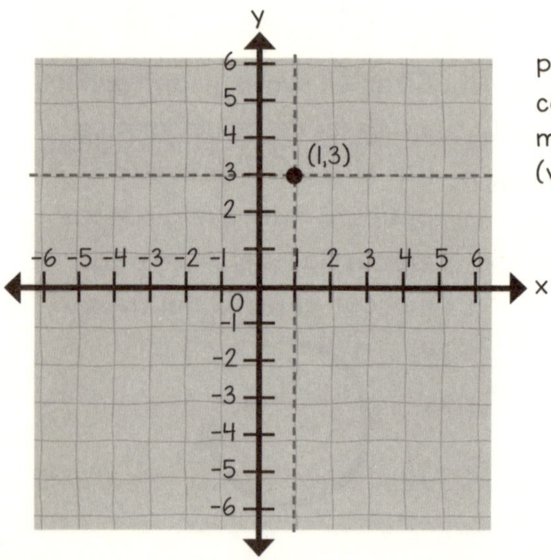

Puedes usar las coordenadas para mostrar reflejos (ver pág. 103).

7 Estadística y otros conceptos

Tablas y gráficos

Las tablas y los gráficos se usan para representar datos.

Los **pictogramas** usan una imagen para representar un número.

En el ejemplo, cada imagen de un círculo equivale a 6. O sea que tienes que contar de seis en seis. La mitad de un círculo es 3, porque 3 es la mitad de 6.

Equipo de deporte	Numero de puntos
Rojos	● ● ◖
Azules	● ● ●
Amarillos	● ● ● ◖

Leyenda ● = 6 puntos

Los amarillos tienen 6 + 6 + 6 + 3 = 21 puntos.

Las **tablas de conteo con rayitas** son una forma sencilla de anotar números usando rayitas. Estas rayas se cuentan de cinco en cinco, con grupos de cuatro rayas verticales y una quinta dibujada en diagonal que tacha las otras cuatro. Una rayita equivale a una unidad de valor.

Animal	Rayitas	Numero
Gusano	卌 卌 II	12
Hormiga	卌 卌 卌 卌 卌 II	27
Babosa	III	3

Tablas y gráficos

Los **gráficos en forma de pastel** muestran los datos usando círculos divididos en partes (segmentos). El círculo representa un total. El tamaño de cada segmento muestra qué proporción del total representa ese segmento.

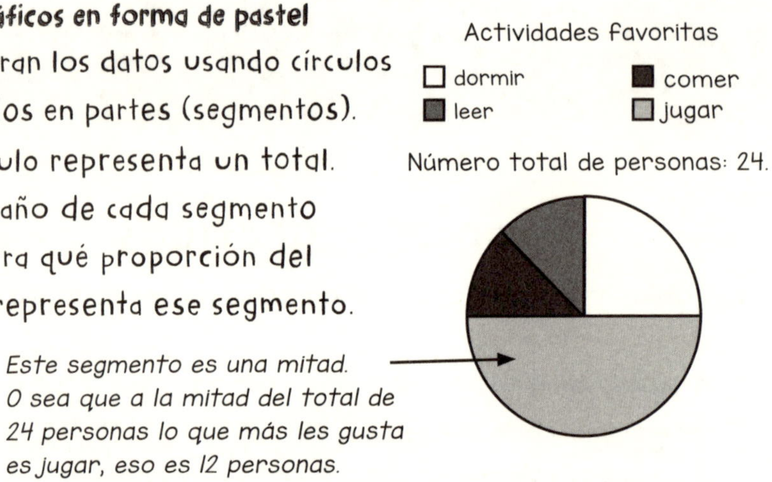

Los **gráficos en forma de barras** muestran los datos usando bloques o barras verticales. Las etiquetas te indican lo que muestra el gráfico. La parte superior de cada barra se alinea con un número en el eje y. Esa cifra señala el valor que representa la barra.

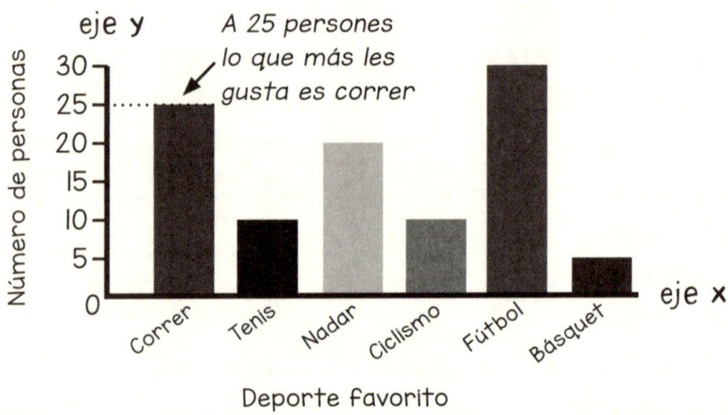

Promedios: media, moda, mediana, rango

En algún momento, te podrían pedir que calcules la media de un conjunto de números. Los promedios se pueden medir de cuatro formas distintas: **media**, **moda**, **mediana** o **rango**.

Ejemplo de conjunto de números: 1, 3, 3, 5, 6, 7, 10.

Media Para calcular la media, suma todos los números del conjunto dado y después divide el total por la cantidad de números que hay en el conjunto.

1 + 3 + 3 + 5 + 6 + 7 + 10 = 35 35 ÷ 7 = 5 Media = 5.

Moda La moda es el número que se repite más o que es más frecuente en el conjunto de datos.

1, **3**, **3**, 5, 6, 7, 10

3 se repite dos veces, mientras que el resto solo una vez.

Moda = 3.

Mediana La mediana es el número que está en la mitad de una lista ordenada de menor a mayor o de mayor a menor.

1, 3, 3, **5**, 6, 7, 10 Mediana = 5.

Rango El rango es la distancia entre el número menor y el mayor del conjunto de datos dado.

1, 3, 3, 5, 6, 7, 10 Menor = 1 y mayor = 10. 10 - 1 = 9.

Rango = 9.

Ratio y proporción

El **ratio** es la cantidad de una cosa que existe en relación con otra.

Por ejemplo, «Por cada 30 alumnos, tenemos 1 profesor».

La **proporción** es la cantidad de algo en comparación con el total.

Por ejemplo, «En un grupo de 5 ninjas, hay 1 que es más pequeño».

Estos conceptos se suelen usar en las recetas. Estan relacionados con las fracciones, los porcentajes y las mediciones.

Ejemplo de ratio: Quieres hacer zumo de grosella. Necesitas 1 parte de grosella por cada 6 partes de agua. Eso significa que la ratio grosella-agua es 1 : 6.

Ejemplo de proporción: Se ha cortado una tarta en 8 trozos. Si una persona se come 2, ¿qué proporción de la tarta se ha comido? Puedes usar las fracciones.

Se ha comido $\frac{2}{8}$ trozos, o $\frac{1}{4}$.

También puedes usar los porcentajes para mostrarlo. Se ha comido el 25%.

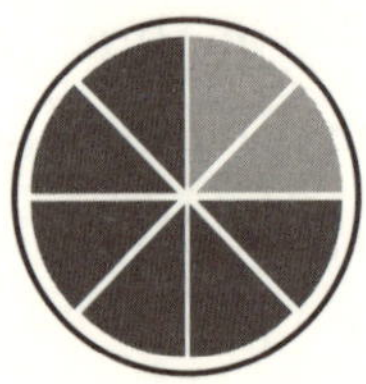

Álgebra

El **álgebra** se refiere a utilizar una letra para representar un valor que nos falta que intentamos encontrar.
Es útil cuando intentas dar con ángulos o longitudes de formas que faltan. También es útil para hallar valores que faltan en gráficos en forma de pastel y otros datos.

Ejemplo: $4 + ? = 12$

Podemos sustituir ? con una letra, por ejemplo x.

$4 + x = 12$

Podemos reordenar la fórmula para tener los números que sí que conocemos en un lado del símbolo igual y la x desconocida al otro lado.

$4 + x = 12$

$x = 12 - 4$

$x = 8$

Glosario

2D / dos dimensiones: tiene dos dimensiones: alto y largo.

3D / tres dimensiones: tiene tres dimensiones: alto, largo y ancho.

área: la cantidad de espacio que hay en una forma en 2D.

capacidad: la cantidad máxima que cabe dentro de un objeto.

cifra: número de 0 a 9.

cociente: la respuesta cuando un número se divide entre otro.

conmutativo -a: cuando reordenas las partes de una suma y la respuesta sigue siendo la misma (aplicable a la + y a la ×).

denominador: el número inferior en una fracción; nos indica la cantidad de partes iguales de la que está formado un todo.

descomposición: dividir un número en partes menores.

diferencia: la respuesta cuando un número se resta de otro.

dividendo: un número que hay que dividir.

divisor: es el número que divide otro.

enlace numérico: parejas de números que sumadas dan otro número.

entero: un número entero.

factor: un número que se divide en otro sin resto.

forma compuesta: una forma que se compone de dos o más formas.

forma irregular: lados y ángulos de diferentes tamaños.

forma regular: lados y ángulos del mismo tamaño.

fracción: representa las partes de un todo.

fracciones equivalentes: tienen el mismo valor, pero con numeradores y denominadores distintos.

fracción impropia: tiene un numerador mayor que el denominador.

fracción propia: tiene un numerador menor que el denominador.

minuendo: un número al que le restamos otro.

múltiplo: lo que obtienes cuando multiplicas un número por un entero.

numerador: el número superior de una fracción; indica la cantidad de partes iguales que hay en un todo.

número cuadrado: el resultado de multiplicar un número por sí mismo.

número cúbico: un número multiplicado por sí mismo dos veces.

número mixto: un número entero y una fracción.

número primo: solo es divisible por 1 y por sí mismo.

operación: una acción como sumar, multiplicar o dividir.
El operador es el símbolo que las representa, por ejemplo, + o ×.

perímetro: la distancia alrededor de los lados de una forma en 2D.

producto: el total de dos o más números multiplicados entre ellos.

resto: cantidad que queda después de dividir un número entre otro.

simetría: cuando una forma tiene 2 mitades que encajan.

suma: el resultado de sumar dos o más números.

sumando: un número añadido a otro número.

sustraendo: un número que se resta a otro.

valor posicional: el valor de una cifra mostrado en su sitio o posición en un número.

volumen: la cantidad de espacio que ocupa un objeto.